OMNIA

Du même auteur aux Éditions Grasset :

LES QUARANTE MÉDAILLONS DE L'ACADÉMIE, collection « Les Cahiers Rouges ».

JULES BARBEY D'AUREVILLY

OMNIA

Préface et notes de Joël Dupont

BERNARD GRASSET
PARIS

IL A ÉTÉ TIRÉ DE CET OUVRAGE
TRENTE EXEMPLAIRES
SUR VERGÉ RIVES IVOIRE CLAIR
DES PAPETERIES ARJO WIGGINS
DONT VINGT EXEMPLAIRES DE VENTE
NUMÉROTÉS DE 1 À 20
ET DIX HORS COMMERCE
NUMÉROTÉS DE H.C. I À H.C. X
CONSTITUANT L'ÉDITION ORIGINALE.

ISBN 978-2-246-72781-1
ISBN Luxe 978-2-246-72780-4

Tout sur Omnia

Parmi les écrits de Barbey d'Aurevilly que l'on a coutume d'appeler intimes ou personnels – dans la mesure où ils n'étaient pas destinés initialement à être publiés – les *Omnia* occupent une place particulière à côté des cinq *Memoranda* et des *Disjecta Membra.* S'ils ont en commun d'avoir un titre latin, ces différents recueils possèdent des caractéristiques propres, aussi bien dans leur forme que dans leur contenu.

Les cinq *Memoranda* furent écrits, au moins pour quatre d'entre eux, à la demande expresse de quelques amis intimes : Maurice de Guérin pour les deux premiers; Trebutien pour le memorandum dit de Caen, et dont Barbey ne s'opposa pas à sa publication en tirage très restreint en 1856; et enfin Madame de Bouglon, l'Ange Blanc, pour le dernier, écrit pendant l'ultime séjour de Barbey dans la maison familiale de Saint-Sauveur-le-Vicomte en 1864; seul le quatrième memorandum, qui relate un court passage à Port-Vendres en 1858, ne semble pas avoir été écrit pour un destinataire précis. (Aussi Barbey permit-il à Paul Bourget de le publier en 1883 avec une longue préface, à la suite du *Memorandum de Caen* – Trebutien étant mort en 1870). Ces textes, qui tiennent à la fois du journal intime et du récit de voyage, recèlent quelques-unes des plus belles pages écrites par Barbey d'Aurevilly, par exemple celles où il évoque pour Madame de Bouglon, avec une mélancolie très romantique, les souvenirs de son enfance dans sa bourgade natale, ou ses promenades le long des rivages de Carteret, là même où quelques années auparavant il avait situé les retrouvailles enflammées de Ryno de Marigny et de Vellini, sa vieille maîtresse, ou enfin une excursion dans la lande de Lessay qui ne prête pas seulement son espace désolé aux horizons d'une toile de fond, mais tient le rôle de « personnage » omniprésent dans le roman préféré de Baudelaire, *L'Ensorcelée.* Ces différents *Memoranda* témoignent d'une qualité d'écriture comparable à celles des œuvres destinées à la publication – qu'il s'agisse des articles de critique, des essais, et évidemment des nouvelles et des romans.

Les *Disjecta Membra* ont un statut tout à fait à part, hybride pourrait-on dire, à mi-chemin entre les *Memoranda* et les *Omnia* ; matériellement d'abord : alors que pour ces derniers Barbey utilise de modestes cahiers cartonnés ou recouverts de percaline, les

Disjecta Membra se présentent sous l'aspect d'un gros volume relié en plein chagrin rouge orné d'un décor à la Du Seuil, et ses pages, toutes dorées sur tranche, sont de beau vélin épais. Quant au contenu, il s'apparente à celui des *Memoranda* et des *Omnia* : on y trouve aussi bien des souvenirs de voyage que des notes de lecture, mais aussi des poèmes qui seront repris dans *Poussières* ou *Rhythmes oubliés*, des pensées sur divers sujets, etc., comme ce sera le cas dans les *Omnia*. Sans être destiné à la publication, ce recueil n'était cependant pas inconnu d'un certain nombre de contemporains – notamment de ceux qui avaient le privilège de passer le seuil du « tournebride de sous-lieutenant » qu'occupait Barbey d'Aurevilly au 25 de la rue Rousselet. Nous savons, par le témoignage de plusieurs d'entre eux, que Barbey montrait volontiers ce gros volume manuscrit à ses visiteurs ; comme dans un *liber amicorum* certains y ont même laissé un souvenir : ainsi Jean-Louis Forain a-t-il peint, en pleine page, un beau portrait de femme du monde. Si chaque *Memorandum* fut écrit pour tel ou tel ami qui devenait en quelque sorte « propriétaire » exclusif du texte, les *Disjecta Membra* sont avant tout destinés à l'usage personnel de Barbey ; il est évident cependant qu'il veut faire de ce recueil un objet d'admiration pour tous ceux qui seront invités à le parcourir. Alors que les *Memoranda* sont écrits au fil de la plume, avec une seule couleur d'encre, et sans recherche graphique particulière, les *Disjecta Membra* au contraire sont comme enluminés par les encres multicolores utilisées par Barbey : noir, rouge sang, vert émeraude, violet, jaune... Cette variété de couleurs chatoyantes s'accompagne d'une multitude de petits dessins séparant des paragraphes ou illustrant des poèmes, et l'ensemble constitue un recueil sans équivalent dans la littérature française pour l'originalité de sa forme et de son contenu.

Si l'existence du présent recueil d'*Omnia* n'était pas inconnue, seuls quelques privilégiés avaient pu le feuilleter car sa propriétaire n'avait autorisé personne à l'étudier et encore moins à en révéler le contenu au public ; il aura fallu attendre la dispersion aux enchères de ses collections après son décès pour que cet important manuscrit puisse enfin être édité. L'apparition d'inédits de Barbey d'Aurevilly – à l'exception de billets sans intérêt littéraire – est un événement rare, surtout lorsqu'il s'agit, comme c'est le cas des *Omnia,* d'un document qui éclaire le travail de l'écrivain. S'il s'apparente au premier coup d'œil aux *Disjecta Membra*, encore que son graphisme soit un peu moins somptueux, il est assurément plus riche en intérêt pour qui s'intéresse à la création littéraire et en particulier à la genèse d'un roman. Quasiment dépourvus de toute espèce de fioriture, de tout travail d'écriture, ces cahiers de notes sont strictement à usage personnel, et permettent un contact direct avec le bouillonnement intellectuel qui s'empare de Barbey en pleine activité créatrice. Car ce qui frappe avant tout dans ces deux cahiers d'*Omnia* jusqu'alors inédits, c'est l'abondance et la variété des notations. Comme l'indique fort justement leur titre, ils contiennent *toutes sortes de choses* : de la simple adresse d'un parfumeur parisien à des considérations sur la philosophie de Kant ou de Leibniz, en passant par des jugements sur un ouvrage récent consacré au théâtre de Shakespeare, par exemple ! Nous savions déjà quel liseur infatigable était Barbey ; ces *Omnia* suggèrent une véritable boulimie de lecture dans les domaines les plus variés et les plus inattendus. Certes, Barbey doit lire régulièrement nombre d'ouvrages pour assurer sa chronique hebdomadaire de « bibliographie », comme l'on disait à l'époque ; mais le romancier qu'il est aussi a besoin d'effectuer des lectures documentaires indispensables à son œuvre de fiction. C'est ainsi que les *Omnia* révèlent l'abondance des ouvrages consultés – sinon lus intégralement – avant la rédaction du *Chevalier Destouches* : livres sur la chouannerie normande, mémoires des principaux acteurs de la guerre de Vendée, recueils de documents historiques sur la période révolutionnaire, etc. Le lecteur de ces cahiers suit en quelque sorte pas à pas Barbey accumulant des matériaux apparemment hétéroclites : faits de guerre marquants, longue liste de surnoms de chouans souvent très pittoresques, traits de caractère de tel héros ou héroïne de la chouannerie – tous ces éléments formant une réserve, un réservoir dans lequel l'écrivain puisera plus tard, au moment de la rédaction de tel ou tel épisode du roman. De même, pour ce qui allait devenir *Un prêtre marié* et qui initialement avait pour titre *Le Château des soufflets*, Barbey prend de nombreuses notes en particulier sur Hahnemann, le fondateur de l'homéopathie, dont les théories influenceront le personnage de Sombreval dans le roman. De façon plus générale, les ouvrages scientifiques consacrés à l'histoire de la médecine à l'évidence attirent Barbey : dès son adolescence, on le sait, il a pu être sinon initié à la médecine du moins intéressé à son exercice par son oncle Pontas Duméril, médecin et maire de Valognes chez lequel il séjournait fréquemment ; et souvenons-nous qu'il écrivait à son ami Trebutien en mars 1853 : « je suis médecin » !

Mais Barbey ne s'adonne pas seulement à des lectures documentaires ou préparatoires à son travail de romancier ; il est aussi critique et essayiste, et tout comme la médecine, l'Histoire le passionne ; l'Histoire, c'est-à-dire, avant tout, ceux qui l'ont écrite ou qui l'écrivent : Saint-Simon ou Michelet, entre autres ; mais aussi les personnages hors du commun, hommes ou femmes, qui sans être des héros, l'ont marquée de leur forte personnalité. On voit ainsi Barbey fasciné par la Princesse des Ursins, et l'abondance des notes qui la concernent suggère qu'il envisageait certainement une étude d'importance sur le personnage. Toutefois, une admiration grandissante pour Madame de Maintenon fera diminuer l'intérêt porté à la princesse, et l'étude projetée se réduira aux dimensions d'un simple et unique article publié dans *Le Pays* en octobre 1858.

Histoire, religion, médecine, philosophie ne sont pas seules à figurer parmi les lectures de Barbey ; il serait étonnant qu'un écrivain ne s'intéressât pas à la littérature en général, grandes œuvres du passé ou productions contemporaines. Les *Omnia* sont effectivement riches en notes de lecture d'une diversité considérable : littérature française mais aussi anglaise, italienne, allemande... La publication, à partir de 1856 de la traduction par François-Victor Hugo des œuvres complètes de Shakespeare est l'occasion pour Barbey de relire quelques pièces et quelques sonnets, et de formuler des jugements originaux et souvent pénétrants sur la poésie shakespearienne. Mais aussi Milton, Defoe, Sterne, Fielding, pour n'en citer que quelques-uns, témoignent de l'étendue des lectures anglaises effectuées au cours de la période que couvrent ces deux cahiers d'*Omnia*. Dante, Michel-Ange, Heine, Goethe figurent parmi les écrivains européens que Barbey lit ou relit, alors même qu'il se montre parfois assez critique à leur égard. C'est au contraire une admiration entière qui rayonne dans les quelques paragraphes qu'inspire à Barbey la relecture, à l'occasion d'une nouvelle édition plus complète, des *Mémoires d'Outre-Tombe*. Alors qu'il s'était montré assez sévère, dans *Les Prophètes du Passé*, pour le Chateaubriand-politique et homme d'Etat aux idées libérales, Barbey loue sans réserve l'écrivain dont il cite à plusieurs reprises de « superbes paroles » et en qui il a trouvé son aîné en romantisme, que les succès laissent désenchanté. Pêle-mêle, apparaissent aussi au fil des pages d'autres grandes admirations, à l'occasion d'une réédition ou d'une relecture de telle ou telle de leurs œuvres : Bossuet, Joseph de Maistre, Rabelais, Vauvenargues, Stendhal, et beaucoup d'autres... Parmi ces nombreux autres écrivains rencontrés dans les *Omnia*, Jean-Marie Audin occupe une place importante : le deuxième cahier contient, à côté de passages que Barbey retouchera à peine, des notes abondantes qui nourriront la longue « notice » qui sera publiée en guise de préface à la nouvelle édition des œuvres de cet historien et théologien suisse, avant de paraître en un petit volume séparé en 1856.

Lecteur impénitent et impuni, critique littéraire, essayiste, « médecin », un Barbey protéiforme fait preuve d'un talent de peintre tout à fait inattendu dans ces deux cahiers – mais ne nous a-t-il pas averti que nous y trouverions « toutes choses ». En effet, à trois reprises Barbey troque sa plume pour un pinceau – un pinceau qu'il utilise tantôt à la manière d'un aquarelliste, et tantôt à la manière d'un peintre impressionniste. L'esquisse qu'il peint, à touches légères et rapides, au soir du 22 septembre 1855 du balcon de son appartement parisien (et qui figure à la première page du premier cahier) révèle une sensibilité artistique d'une grande subtilité et une réelle maîtrise dans l'exécution – ce dont il est parfaitement conscient : « ce daguerréotype pris sur place », écrit-il « deviendra plus tard une peinture ». Barbey parle également de « fixé » (nous dirions plutôt « instantané »), et dans les *Disjecta Membra* il parlera de « fixé... d'impression ». Sans vouloir faire de l'auteur des *Diaboliques* un précurseur de l'impressionnisme, reconnaissons cependant qu'il annonce déjà, à sa façon, dès 1855, cette école de peinture.

En cette année 2008, où l'on célèbre le bicentenaire de la naissance de l'auteur des *Diaboliques*, la publication de ces deux cahiers de notes inédits permet de découvrir des pages où s'affirment la somptuosité d'expression et la richesse d'imagination de leur auteur.

Joël Dupont.

Note sur le texte

Le présent *Omnia* – tout comme celui qu'ont édité Jacques Petit et Andrée Hirschi[1] – consiste en deux cahiers, reliés en un volume de format 22,7 cm × 17 cm ; le cartonnage plein papier couleur ivoire présente au centre du premier plat le mot OMNIA frappé en rouge, et dans l'angle supérieur gauche le monogramme de Louise Read en lettres dorées ; au dos, sur une étiquette en maroquin rouge, en long : Jules Barbey d'Aurevilly.

Le premier *Omnia*, commencé en septembre 1855, comprend cinquante-quatre feuillets (dont six blancs) et est écrit avec des encres de couleurs variées, et au crayon ; plusieurs pages s'agrémentent de petits dessins et de flèches, comme Barbey d'Aurevilly aimait à en orner quelquefois ses manuscrits, et qui seront beaucoup plus nombreux dans les *Disjecta Membra*.

Le deuxième *Omnia*, dont rien ne permet de le dater avec certitude (il est très probablement de 1856), ne comprend que seize feuillets, écrits à l'encre noire, à l'exception d'une demi-page à l'encre bleue et de quelques annotations à l'encre rouge.

1. *Omnia* (cahiers de notes), Les Belles Lettres, Paris, 1970.

Lorsqu'il fut acheté en 2004 par le conseil général de la Manche au cours de la vente de la collection aurevillienne de madame Denise Le Doux – collection formée par son père qui l'avait acquise pour l'essentiel auprès de Louis Yver, légataire particulier de Louise Read – le manuscrit d'*Omnia* était dans un état de conservation très médiocre. Il avait beaucoup souffert de l'humidité : les marges et les bas de pages ont disparu en plusieurs endroits, entraînant des pertes de texte. Un travail de restauration important a été rapidement entrepris, qui a permis de stopper la dégradation du papier et de consulter le manuscrit sans l'endommager davantage.

Cependant la lecture du texte n'a pas toujours été aisée, en particulier pour les pages écrites au crayon ; de surcroît, l'écriture de Barbey d'Aurevilly, parfois difficile à déchiffrer, l'est davantage encore lorsqu'il écrit rapidement – comme c'est souvent le cas dans ces cahiers de notes. Dans la limite imposée par ces difficultés, le manuscrit a été transcrit aussi fidèlement et aussi complètement[1] que possible ; son caractère de cahier de notes, et non de texte travaillé en vue d'une publication, a été respecté. L'orthographe de certains mots, particulière à l'époque et plus encore à Barbey d'Aurevilly lui-même, a été maintenue ; ainsi, par exemple, le lecteur ne devra pas considérer comme des coquilles : r*h*ythme, anon*i*me, Nor*w*ège, hazard, t*h*iare, etc. En revanche, la ponctuation et l'emploi des accents et des majuscules, qui ne présentent aucune cohérence dans l'écriture aurevillienne, ont été mis en conformité avec l'usage actuel.

---

1. A l'exception toutefois des mots ou des groupes de mots isolés qui ne formaient aucun sens.

Premier cahier

Se vivifier des larmes universelles –
Le plus grand ouvrier sans terre.

Les princes de Chimay qui ont donné le C. de Bosses [1]... sont Hénin Liétard. C'est Mme des Ursins qui les dit Grands d'Espagne. Ch. devint gendre de Saint-Simon.

Eclaircissements historiques sur l'Edit de Nantes, Rulhières [2].

1. Personnage non identifié.

2. Claude Carloman de Rulhiere – et non Rulhières, comme l'écrit Barbey – (1735-1791), historien et poète (Chénier le comparait à Thucydide) ; son ouvrage *Eclaircissements sur les causes de la révocation de l'édit de Nantes et sur l'état des protestants en France depuis le commencement du règne de Louis XIV jusqu'à nos jours Tirés des différentes archives du gouvernement* parut en 1788 en deux volumes.

C'est avec des riens que les grands artistes font leurs plus grandes choses (voyez la donnée de la *Flûte enchantée* de Mozart).

R.O.
« Les yeux caméléons [1] »

Brucker [2] emporte Ampère. Penser lui redem…

22 7bre 1855.
Aujourd'hui l'horizon du soir vu de mon balcon [3] est un des plus beaux que j'aie vus ; contre l'horizon, à la place où le ciel cesse d'être, vapeur lilas mollement meurtrie d'un bleu lacté, puis tout à coup se zébrant de tan, – puis de pourpre, – puis d'or, puis d'orange, puis du vert le plus clair et le plus pur,

---

1. Titre d'un poème en prose envoyé par Barbey à son ami Trebutien en février 1857 et repris dans le recueil *Rhythmes oubliés*. (R.O.)

2. Raymond Brucker (1800-1075), journaliste, romancier, essayiste, fut un ami fidèle de Barbey d'Aurevilly qui lui consacra un long article dans *Le Pays* en 1853 – article repris dans le quatrième volume de la série *Les Œuvres et les Hommes : Les Romanciers*, Paris, Amyot, 1865.

3. Barbey a plusieurs fois évoqué ce « balcon aux hortensias » de l'appartement qu'il occupait au 41 bis de la rue de Vaugirard, et qu'il quittera au début de 1856, à son retour de la Bastide d'Armagnac (voir à ce sujet l'article d'Hermann Quéru, « Les logis parisiens de Barbey d'Aurevilly » *in* « Les cahiers aurevilliens », décembre 1939, pp. 37-57).

comme si le ciel avait verdi comme un bronze, et au sein de ce vert, éclairé d'un or intérieur, une île d'or rutilant, presque enflammé tant elle étincelle ! Enfin plus haut encore une trouée à forme chimérique et d'un rose chimérique aussi, tant il est doux, et sur les bords, estompée d'un or qui baigne l'œil et l'éblouit, mais en le caressant comme une bouche qui sucerait vos paupières. – sensation à vous dissoudre de volupté – ah ! pour ceux qui comme moi font sombrer leur âme dans la couleur, quelle poignante délice ! C'est le saut de Leucade à la renverse, – une ivresse de Sapho précipitée non en bas, mais en haut, non dans la mer mais dans le ciel !!

Daguerréotype pris sur place ; – Fixé qui deviendra plus tard une peinture.

Le même soir.
A minuit, le ciel... soie grise...

Lu les *Souvenirs de Mme Lebrun* [1].
Mousseline qui flotte dans un vent doux.
précieux caquetage ! –

1. Les trois volumes de *Souvenirs* de Madame Vigée-Lebrun ont paru en 1835.

C'est ce que les Pères de la Thébaïde [ap]pellent une ascension de cour.

Les crucifix du Moyen Âge saignaient à l'anniversaire de la Passion.

M. de Chateaubriand dit suprêmement bien en parlant du cœur de Marat – « il eut pour ciboire une pyxide précieuse du garde meuble… puis le vent tourna : l'immondice versée de l'urne d'agathe dans un autre vase fut vidée à l'égout. »

Saint Augustin sentant son argile tomber, disait à Dieu : « Servez de tabernacle à mon âme. »

Il y a des hommes (deux surtout) [que] Chateaubriand a jugés… Byron et Scott….. quant à Scott, il ne lui voit qu'une supériorité, – la supériorité morale. L'envie a-t-elle desséché ce c[erv]eau.

Je t'aimerai toujours, – disait l'épitaphe des Grecques. – mais toi chez les morts ne bois pas je t'en prie à cette coupe qui te ferait oublier les anciens amis.

C'était Aubiac[1] qui allait à la potence en baisant un manchon de velours – raz – bleu qui lui restait de Marguerite de Valois.

Rivarol disait des Révolutions : « Le premier coup porte sur le Dieu, le second ne frappe plus qu'un marbre insensible. »

La voix est la fleur de la beauté, dit Zénon.

Le fait de la religion qui est le capital de la vie humaine, a dit Bossuet.

(Memor.) Sur 130 évêques français (en 1799) (et il y en avait de bien criminels par les mœurs et même par les doctrines), il n'y en eut que quatre qui se soumirent à la constitution civile du clergé, et des quatre, il en est un qui mourut à Charenton ! Un coupable vieillard fit mieux pour expier les fautes

1. Amant de Marguerite de Navarre, exécuté par pendaison en 1586.

affreuses de sa vie que d'écrire un poème : *La Religion vengée*, le cardinal de Bernis qui perdait 400 000 livres de rente par son refus de serment écrivait noblement de Rome (1790) : « Je me souviendrai qu'à mon [...] on ne doit s'occuper que de rendre au [...] Suprême un compte satisfaisant... [...] devoirs. »

Je viens de lire le 1er volume de *Clément l'inclément*[1]. C'est un grand critique de détail et d'excellent ton. Un bon sens pur ; trop oublié.

La finesse de l'esprit tient à sa lâcheté.

Oh ! Oui ! Je connais le mal qu'on peut faire avec le meilleur sentiment ! On n'a ni regret ni remords des coups qu'on vous donne !

Les enfants nous consolent de tous les chagrins, – en attendant les épouvantables qu'ils ne manqueront pas de vous donner.

---

1. Jean-Marie-Bernard Clément (1742-1812), auteur de nombreux ouvrages de critique littéraire, souvent très violents, notamment contre Voltaire qui le surnomma « l'Inclément ». L'ouvrage dont parle Barbey est probablement l'*Essai de critique sur la littérature ancienne et moderne* paru en deux volumes en 1785.

Il n'y a de vrai dans la vie que les chimères que nous rêvons... aussi finissent-elles toutes en douleurs.

Le plus grand penseur serait la Mort si elle pouvait juger la vie.

Quand on a des opinions courantes, je les laisse courir.

Quand les événements diminuent chaque jour de hauteur, l'histoire devient naine et passe à la biographie. C'est la dernière ressource ! On applique la loupe à chaque homme pour le voir plus gros et plus grand !

Impressions bibliques. Être comme un homme qui boite des deux côtés : malheur à ceux qui traînent après eux le péché comme les traits emportent le chariot.

Mornay vieillissant disait de lui, qu'il était près de sortir de sentinelle.

Abelli [1] – *Vie de St Vincent de Paul.*

Lacordaire

Manières de parler du vieux Monde. Le plus magnifique tempérament de guerrier qui ait vomi l'héroïsme, par la bouche, les yeux et la main.

... car mon naturel tend plus à remuer les mains qu'à pacifier les affaires, aimant mieux frapper et jouer des couteaux que faire des harangues...

Or, Dieu soit loué de tout ! ma récompense a été une grande arquebusade au visage, de laquelle je ne guérirai jamais...

Qui gouvernera bien le Gascon peut s'assurer qu'[il aura] fait un chef-d'œuvre !

Tout le caractère français dans un mot : « Jouez-vous du clavecin ? disait-on à un gentilhomme fran-

1. Louis Abelly (1603-1693), théologien, adversaire des jansénistes ; sa *Vie de saint Vincent de Paul* parut en 1664.

çais – Je ne sais pas, répondit-il. Je n'ai jamais essayé. – Je vais voir ! »

Le lendemain n'était pas pour lui l'imposteur qu'il est pour tous les hommes ! (Dumont[1] sur. Mirab.)

... La surface [aim]able d'Henri 4 – indifférence profonde.

Lire Sanders[2] (1571) *De monorchia visibili ecclesiae.*

Lire les *Lettres* de Marie Stuart, – pamphlets, hypocrisies, satires,... parle du caractère de la reine Elizabeth et de son caprice abaissé pour Simier, envoyé du duc d'Anjou (Michelet).

---

1. Pierre-Etienne-Louis Dumont (1759-1829), ami de Mirabeau ; il prit part à la rédaction du « Courrier de Provence » ; ses *Souvenirs sur Mirabeau et les deux premières Assemblées Législatives* ont paru en 1832.

2. Nicolas Sanders ou Saunders (1527-1583), théologien anglais, adversaire farouche des protestants ; il enseigna la philosophie pendant plusieurs années à Louvain où parut l'ouvrage dont parle Barbey, et dont le titre exact est : *De visibili monarchia Ecclesia lib. VIII.*

Idée juste de Chateaubriand qui n'en a pas tous les jours. Génies mer[veilleux] Homère a fait la Grèce et même Virgile. Dante l'Italie jusqu'au Tasse. Shakespeare l'Angleterre. (Ce n'est pas assez et l'Allemagne) ; Rabelais, la France. (Bravo !)

Shakespeare boiteux. *Lame by fortune's dearest spite*[1].

« Ne pleurez pas longtemps pour moi quand je serai mort, Si vous lisez ces mots ne vous rappelez pas la main qui les a tracés, Je vous aime tant que je veux être oublié de vous si en pensant à moi, Vous pouviez être malheureuse. Oh ! si vous jetez un regard sur ces lignes quand je ne serai plus qu'une argile, Ne redites pas même mon pauvre nom et laissez votre amour se faner avec ma vie ! » (Shakespeare)[2]. Jeux sublimes – parce que c'est sublime et que c'est de Shakespeare... Mon pauvre nom ! –

---

1. Vers 3 du sonnet 37 : « moi que l'âpre dépit du Sort rendit boiteux » (traduction Jean Fuzier, Shakespeare, *Poèmes*, Paris, Gallimard, bibliothèque de la Pléiade, 1959).
2. Traduction des vers 1, 5-12 du sonnet 71 de Shakespeare.

S'il y a dans le sublime de l'homme les trois quarts de folie, il y a dans sa sagesse la moitié [de mépris].

Voici ce que Michel-Ange disait du Dante
............................*Pur fassio tal*
Per l'aspro esilio suo con sua virtute
Dare' del mondo piu felice stato [1].

M.G. [Mom] boesia est en Guinée et non en Amérique. Ibbens endémique en Norwège et au Nord de l'Ecosse. Pellagre à la Lombardie. Plique à la Pologne Koltun des Polonais. La pseudo-syphilis à l'Angleterre et l'asthénie à la Virginie (.N. + d'Hahnmann, traité des mal. chroniques.

Les 7 huitièmes des maladies chroniques selon Hahnmann viennent de répercu[ssion] de la gale,

---

1. Le texte exact de Michel-Ange dans les *Rime* est le suivant :
Di Dante dico, che mal conosciute
fur l'opre suo da quel populo ingrato
che solo a'iusti manca di salute
Fuss'io pur lui ! ca'tal fortuna nato
Pet l'aspro esilio suo, co' la virtute
Dare'del mondo il più felice stato.
[Je dis de Dante que ses œuvres
Furent méconnues par ce peuple ingrat
Qui méprise seulement les hommes justes.
Si j'étais lui ! pour avoir un tel destin
Je donnerais le plus grand bonheur du monde
Et la vertu, en échange de son âpre exil.]

l'autre huitième vient de la Syphilis et de la Sycose. Sycose ou la maladie de Fick. (voir le mot Fick)

Il n'y a que les maladies miasmatiques aiguës que la nature seule puisse anéantir en deux ou trois semaines. Dans ce laps de temps elle peut se débarrasser de la fièvre et de…

Chateaubriand dans ses *Mémoires* fait un grand éloge du marquis de La Rouërie (– s'était distingué dans la guerre de l'indépendance colonel Armand) mort en organisant une conspiration royaliste. – C'était un beau comme Lauzun – fourrageait dans les bois en Bretagne avec un major américain, accompagné d'un singe assis sur la croupe de son cheval. Très aimé à Rennes des écoles ; – L'un des 12 gentilshommes mis à la Bastille. Élégant et brave de mine ; – Ressemblait aux portraits des jeunes seigneurs de la Ligue.

Hahnmann pense que la gale est la plus ancienne, la plus générale des maladies chroniques. Les juifs la connaissaient sous le nom de כדכ que les Septante ont rendu par ψωξα αγρια et la vulgate par Scabis Gugis.

Selon Hahnmann la gale, c'est le fond de la lèpre. – C'est le tronc morbide de toutes les autres affections miasmatiques. La gale d'occident si redoutable pendant plusieurs siècles sous la forme d'un érysipèle malin appelé feu St Antoine fut ramené à la forme lépreuse par la lèpre que les Croisés rapportèrent dans le treizième siècle (En 1226 on comptait 2 000 léproseries en Europe). La gale d'alors se produisait avec les caractères d'un hideux exanthème (1) (Usage des chemises venu de l'Orient) ; – La propreté, l'amélioration dans la vie (observation que je crois superficielle) diminuèrent l'intensité de cette gale qui ne se montra plus que sous la forme de l'éruption psorique ordinaire jusqu'à 1493 où une autre maladie chronique miasmatique (2) la syphilis commença la première fois à lever sa redoutable tête.

Les répercussifs faisant rentrer le miasme, de là des désordres effroyables, [une] multitude de symptômes morbides secondaires, légion de maladies chroniques dont les médecins...

Ce fragment est de M. Ranke, – (*Histoire de la Papauté* aux XVe, XVIe, XVIIe siècles) :

« Je ne veux pas achever de décrire la lutte qui remplit encore l'Allemagne pendant seize ans. Il nous suffit d'avoir remarqué comment ces progrès du catholicisme, qui était au moment de prendre pour toujours possession de notre patrie, furent arrêtés dans leur cours et éprouvèrent une résistance victorieuse, à l'heure même où il prenait ses dispositions pour exterminer le protestantisme jusque dans ses dernières racines. On peut dire que le catholicisme ne sut pas supporter le fardeau de ses propres victoires. Le chef de l'Eglise lui-même se crut obligé de s'opposer, par de motifs pratiques (?), aux puissances qui défendaient et étendaient le plus son autorité spirituelle ; des catholiques, d'abord avec le pape, provoquèrent la résistance des forces protestantes (qu'ils avaient ?) domptées, et leur frayèrent la route. »

La nature artistique... Plus j'y pense et plus je trouve qu'il y a dans le langage parlé quelque chose d'inutile, de désœuvré, de frivole, tant on est frappé du sérieux de la nature et de son silence quand on se trouve en tête à tête devant un imposant rempart de rochers ou dans la solitude d'une vieille montagne.

L'âme, en dessinant, chante un morceau de son essence la plus intime.

Il y a au moins du caractère dans la haine, – disait-il en parlant de la bienveillance allemande.... (rappelez-vous le mot des soldats en parlant des [femmes alle]mandes, cela peint les hommes aussi).

Cette contemplation élevée, indifférente, – qui était devenue la sienne, – menait, disait-il, à l'absence de caractère et il avait raison.

Le fameux philosophe Schelling a fait un volume de poèmes sous le nom de : Bonaventure.

Il y a certainement là-haut, – dit Heine avec ce genre d'imagination amer et doux qui n'est qu'à lui, – des étoiles qui mendient et qui trompent des étoiles... et des étoiles qui sont forcées de faire toutes sortes de bassesses, des étoiles qui flattent leurs ennemis et ce qui est encore plus triste, qui flattent leurs amis, comme nous tous ici bas.

P.M.A. [1] + Les véritables penseurs et les natures poétiques ne veulent pas entendre parler d'Hoffmann, dit Heine. Comme Novalis, sa poésie est une maladie. Dit pourtant qu'il a une certaine puissance quand il se cramponne à la réalité. Le compare au géant Anthée. Faible dès qu'il rêve et devient fantastique.

Cette opinion de H. sur Hoffmann est la mienne et je veux la creuser. Poë a pour moi fait entrer dans

1. Pour Mon Alberoni. (?)

le néant sous son pied vigoureux cette couleuvre qui n'a su que siffler et se traîner dans sa propre ornière, ce monstre fantastique ébauché comme le serpent de Goethe ; (des fragments de Falk).

Venise ! L'ondine des mers ! – Déchirée par un aigle à deux têtes !

Heine dit de Cervantès : « Je l'aime jusqu'aux larmes. »

Il appelle Mme de Staël la grand-mère des poitrinaires.

Un grand génie se forme à l'aide d'un autre moins par assimilation que par frottement. Le diamant seul polit le diamant. La philosophie de Descartes a non pas enfanté mais fait éclore Spinoza.

Il y a en Spinoza un sérieux, une conscience de sa force, une *grandeza* de la pensée qui semble un héritage, car Spinoza faisait partie de ces familles-martyrs que les rois catholiques chassaient de l'Espagne, etc. etc.....

Je connais, Monsieur, ce calme Allemand, – disait une femme, – je sais qu'en allemand on emploie le même mot pour dire pardonner et empoisonner. – Elle avait raison, *Vergeben* a ce double sens.

Gotthold Ephraïm Lessing – Un des plus grands polémistes et critiques qui aient jamais existé. – Il ressemblait tout à fait à cet Allemand fabuleux qui héritait des talents, des facultés et des critiques de tous ceux qu'il tuait en duel et qui finit de cette manière par être doué de toutes les qualités imaginables... Il abattit par pure caprice mainte tête qu'il eut la cruauté de relever pour montrer à la foule qu'elle était vide... Ses amis admiraient l'empennure bigarrée de ses flèches et ses ennemis en sentaient la pointe dans leurs cœurs... Il a comme enveloppé dans l'ironie la plus spirituelle, dans la verve la plus charmante, bon nombre de petits [détails] qui se conserveront pour l'éternité dans ses écrits.[....]

MEMORANDUM.

On pourrait peut-être dire du style de mon ami St Victor : c'est un palais, tant les [...] lyriques qu'il amoncela sur ce pauvre académicien pour l'écraser lui font aujourd'hui un monument.

Il fallait qu'il fût malheureux, il fut un génie... quand les hommes de génie ne souffrent pas pour l'humanité, ils souffrent pour leur propre grandeur, pour leur horreur du vulgaire et leur grande manière d'être.

Effrayant isolement : solitude intellectuelle. Ses amis l'aimèrent, mais aucun ne le comprit. Quant à son cœur, il aima sa femme, la perdit avec son fils quelques jours après lui avoir donné ce fils qui mourut aussi. Voir dans Heine (*L'Allemagne*) le beau fragment de lettre (1er volume) :

« Je l'ai perdu avec regret ce fils ! Car il avait tant d'esprit, tant d'esprit ! Ne croyez pas que les quelques heures de ma paternité aient fait de moi une sorte de singe de père... Je sais ce que je dis. N'était-ce pas de l'esprit à lui de ne se laisser amener au monde que par des pinces de fer, d'avoir si promptement reconnu le mal de la vie ? N'est-ce pas de l'esprit d'avoir saisi la première occasion d'en sortir ?... J'ai voulu être heureux une fois comme les autres hommes, mais cela ne m'a pas réussi. »

Il mourut en 1781 à Brunswick, haï, méconnu, décrié, – l'année que paraissait la *Critique de la raison pure* de Kant.

Selon Heine, Oken est un des plus grands penseurs de l'Allemagne ; (vérifier).

WILLM Hegel.

La base de la philosophie de Hegel est logique. Frapper sa logique, c'est le frapper à la base, au cœur, à la source de sa vie.

Willm finit son analyse par ces mots. – Hegel tente l'impossible quand [il tente de] trouver un passage logique d'une chose à son contraire ou à sa négation réelle ou d'une chose à une autre qui coexiste avec elle et qui ne lui est pas subordonnée ou issue d'elle mais qui lui est coordonnée ou congénère. Sa pensée est toujours obscure et embarrassée quand il prétend forcer le passage p. ex. :

du néant au devenir,
de l'être à la notion,
du sujet à l'objet,
du fini à l'infini,
de la connaissance à la volonté,
de l'idée à la nature.

Différence de la philosophie de Schelling et de la ph. de Hegel bien critiquée par le célèbre naturaliste Link[1].

« La plante (disent-ils) est le produit de l'attraction de la lumière et de la terre.

« Selon Kieser[2] la plante dans son intégrité est l'aimant organique qui se montre dans le tout comme dans les parties ; l'indifférence dans la différence, jamais jusque-là on ne s'était à ce point joué de la nature. Cette philosophie n'offre que des rapports généraux, les aperçus superficiels qui sont loin d'épuiser la richesse de la réalité. Elle nous donne des hiéroglyphes pour l'interprétation du monde réel. »

P. mes Mystiques.

St Paul ajoute aux trois degrés hiérarchiques de la matière la solidité, la liquidité et la fluidité, un 4e échelon qui est la spiritualité. – Et quel physicien s'étonnera d'un corps spirituel, lui qui est contraint par Dieu ou s'il l'aime mieux par la Nature, à cette confession. Le granit et la lumière sont deux corps ?

---

1. Henri Frédéric Link (1769-1851), naturaliste allemand, directeur du Jardin des Plantes de Berlin. Son ouvrage le plus célèbre, *Histoire naturelle considérée comme commentaire du monde primitif et de l'Antiquité* parut en deux volumes à Berlin en 1834.

2. Dietrich Georges Kieser (1779-1862), naturaliste et médecin allemand, auteur de nombreux ouvrages de botanique et de médecine.

Le corps de Jésus tient si peu de place à l'autel! Mais le physicien est obligé d'avouer qu'une goutte imperceptible de vapeur, en passant de l'état fluide à l'état liquide tient 14 000 fois moins de place qu'auparavant sans qu'elle ait perdu son essence dans une si merveilleuse diminution. Mystère de la génération. – Un corps humain n'est-il pas tout entier sous un volume qui défie la [perspicac]ité de l'œil? (tiré des Cf. du P. Lacordaire)

Penser à lire (pour mes mystiques) le *Swedenborg* de Goerres [1].

Boëhme traita le monde comme une idée. Newton imagine les idées comme une chose matérielle.

Dissidents Krause [2] et Herbart... Principal disciple de Krause, M. Leohnardi de Heidelberg.

Krause fait cause commune avec Schelling et Hegel en ce qu'il croit que la connaissance transcendan-

---

1. Jean-Joseph Goerres (1776-1848), philosophe mystique allemand ; les cinq volumes de sa *Mystique chrétienne* ont paru entre 1836 et 1842.

2. Charles-Christian Frédéric Krause (1781-1832). Sa philosophie se caractérise par un mélange des idées de Kant et de Fichte, et par une tentative de fondre tous les systèmes philosophiques en un seul.

tale et absolue est le problème et possible. – En diffère en ce que leur dogmatisme n'est pas suffisamment justifié et qu'il essaie, etc., etc.

M. Leonhardi prétend que la doctrine de Krause n'est pas le panthéisme mais le Pan-en-théismes? Aarhens, – P. Duprat [1], – Bouischitt (disciple de Krause).

Le système de Krause, dit-il, est une synthèse où se trouvent modifiés les divers systèmes allemands depuis Kant.

Baader, espèce de Ballanche de l'Allemagne, appartient à l'école mystique de Jean Scot, Erigène et de St Martin. S'est beaucoup occupé de sciences occultes, des Nachtseite de la Nature, somnambulisme, magnétisme, etc. – Somnambulisme dans sa première jeunesse, – influencé par Schelling – Etudia Paracelse. V. les travaux de Justin Kerner [2], de Schubert [3], sur les phénomènes mystérieux de la nature décrite avec une grande bonne foi.

Jean Paul.

---

1. Pardoux Duprat (c. 1520-70), jurisconsulte.

2. Justin Kerner (1786-1862), célèbre surtout pour ses *Poésies*, mais il publia aussi des recueils d'observations philosophico-scientifiques. Il croyait aux esprits et au merveilleux.

3. Gotthielf Heinrich von Schubert (1780-1860), philosophe et naturaliste allemand. Un de ses principaux ouvrages *Obscurité des sciences* avait paru à Dresde en 1808.

L'esprit est tellement habitué aux chaînes et aux mécomptes de cette vie qu'il a peine à croire à cette utopie de l'autre monde. On ne conçoit que difficilement une communication de ce monde-ci avec l'autre – par-dessous la tombe.

La douleur pour la bête n'est pas, comme pour l'homme, aiguisée et triplée par l'attente, la conscience présente et le souvenir. Elle est pour lui instantanée, passagère. De là, les larmes mouillent uniquement les yeux de l'être humain.

A. Humbolt et Kant sont pour l'unité de la race humaine. Sur cette question V. les travaux de Tiedmann[1]...?

Les désirs sont des pressentiments de facultés qui sont en nous, les précurseurs de choses que nous sommes capables d'exécuter. – Ce que nous pouvons et ce que nous désirons se présente à notre imagina-

1. Frédéric Tiedemann (1781-1861), physiologiste et anatomiste allemand ; il fut élève de Cuvier, de Geoffroy Saint-Hilaire et de Lamarck.

tion hors de nous et dans l'avenir. Nous aurons une aspiration vers un objet que nous possédons déjà secrètement. C'est ainsi qu'une anticipation passionnée transforme une possibilité vraie en une possibilité imaginaire. Quand une telle tendance est prononcée en nous, à chaque pas de notre développement, une portion de notre désir primitif s'accomplit dans les circonstances favorables, par la voie directe ; dans des circonstances défavorables, par un détour d'où nous ne manquons jamais de regagner l'autre route. (Goëthe).

On peut définir le temps, dit Schelling, l'espace fluide et l'espace le temps fixé.

Parce que le moi étant objet pour lui-même comme intensité pure, comme une activité qui ne peut s'épandre qu'en une seule direction, mais qui est maintenant concentrée en un point.

Leibnitz appelait la matière le sommeil du monde ! – Hemsterhuys [1], l'esprit coagulé.

1. Tibère Hemsterhuys (1685-1767), philosophe hollandais.

Pour Schelling : l'Histoire n'est pas une série d'événements sans loi, pas plus que cette série la suivant avec une régularité absolue.

Elle est la réalisation successive d'un idéal par l'espèce tout entière.

Le cerveau de l'homme est la *fleur,* – le couronnement de l'organisme sur la terre. (Schelling)

La lâcheté est le fond des esprits encore plus que le fond des caractères. On ne sait pas ce que la force de l'affirmation produit de trouble et de terreur autour d'elle, toute la force du journalisme est venue de là : savoir affirmer !

La femme c'est la fortune – dit l'Orient, – et tu t'en vas, mon bon génie ! – (Ecrit là quatre jours avant son départ pour le midi).

Pleurer à creuser le caillou, – expression de Marguerite de Valois. (Lire décidément ses *Lettres*.)

Faire la randonnée autour d'une idée (Chateaubriand).

Michel-Ange ne fit jamais qu'un pas dans le domaine de la fantaisie, ce fut une Léda pour François Ier.

Superbes paroles de Chateaubriand dont les *Mémoires* que je viens de relire font tout ensemble admiration et pitié. « Les événements sortent du sein des choses comme les hommes du sein de leurs mères, accompagnés des infirmités de la nature. Les misères et les grandeurs sont sœurs jumelles, elles naissent ensemble. Mais quand les couches sont vigoureuses, les misères à une certaine époque meurent, les grandeurs seules survivent. Pour juger impartialement de la vérité qui doit rester, il faut donc se placer au point de vue d'où la postérité contemplera le fait accompli. »

Bossuet génie qui voyait tout, mais sans franchir les limites imposées à la raison et à sa splendeur comme le soleil qui roule entre deux bornes éclatantes et que les Orientaux appellent l'esclave de dieu. (Chat.)

Pour être un homme supérieur en affaires, il n'est pas question d'acquérir des qualités, il ne s'agit que d'en perdre. (Chat.)

En général on ne parvient aux affaires que par ce qu'on a de médiocre, et on y reste que par ce qu'on a de supérieur. (Chat.)

Aux batailles et blocus de Gênes, Masséna portait un ruban blanc de Mme Récamier. Asher le compagnon de Charlemagne ne se parait pas au combat des couleurs de sa dame. Il portait dit le moine de Saint Gall 6, 7, 8 et même 9 ennemis enfilés à sa lance comme des grenouillettes.

Asher précédait et Masséna suivait la cavalerie. (Chateaubriand)

Pour M… Ch[1]…

Notes tirées de la *Guerre des Vendéens et des Chouans*. [anonime, un officier supérieur des armées de la République]

Charrette, quoique homme très comme il faut, nulle habitude du monde.

1. Pour Mon Chevalier Destouches.

Ce dur partisan – fou des femmes – un sultan ! avait sa petite maison comme sous Louis XV – tenait sa cour de galanterie dans sa maison de Fonte-Clause au fond du Bas-Poitou.

La lettre du Carpentier[1] sur la levée du siège de Granville, est du 19 Novembre 93.

Premiers chouans Coquereau ou Cottreau. Moulin et Moulière.

La forêt du Pertre (Mayenne) L'abbé Legge était le législateur et le G[d] juge de la chouannerie, son frère officier au régiment de Brie en était le protecteur.

Ils étaient *Baraqués* – ce fut Boisguy (?) qui ayant rassemblé des chouans à Fougères et étant venus dans la forêt, traversa ce petit boulevard.

Demander la *Correspondance* de Hoche 1797
de Charrette et Stofflet 1790

---

1. Jean-Baptiste Lecarpentier (1760-1828), célèbre révolutionnaire, dit « Lecarpentier de la Manche », député à la Convention, fougueux montagnard, il vota la mort du roi.

du comte de Puisaye[1] Londres 1803 18 ??
Me. Turreau[2]
Lire les *Mém.* de Bordereau Langevin[3], l'amazone.

— Causes de la guerre des Chouans – Le plan de conspiration confié à M. de la Rouerie 1792 par le comité de Coblentz. Les mouvements de Bretagne et de Normandie par le fédéralisme. L'infatigable activité de M. de Puisaye pour réunir les éléments. La guerre civile; quelques chefs vendéens échappés aux affaires du Mans et de Savenay, restés sur la rive droite de la Loire. Le recrutement enfin, voilà les causes de la chouannerie.

93/Il y eut un rassemblement dans le district de Rochefort battu et dispersé par le général Avril – fouille dans la forêt du Pertre. Ce fut le nommé Guais qui fit des révélations. Il conduisit les bleus à la cabane, – on fit feu dessus – Quatre individus prirent

---

1. Joseph, comte de Puisaye (1784-1827), chef d'insurgés vendéens ; ses *Mémoires*, en six volumes, ont paru à Londres en 1805-1806.

2. Louis Marie, baron Turreau de Garambouville (1756-1816). Commandant en chef de l'armée républicaine de l'Ouest, il prit Noirmoutier et battit Charrette et La Rochejaquelein ; ses *Mémoires pour servir à l'histoire de la Vendée* ont paru en 1815 et 1824.

3. Renée Bordereau (1770-1828), héroïne de la chouannerie vendéenne, elle combattit, à cheval et déguisée en homme, sous le nom de Langevin; ses *Mémoires* furent publiés en 1815.

la fuite. On trouva une correspondance. Le jeune La Massue fut tué d'une balle à la poitrine. Puisaye qui était là dit aussi que Le Fléchois périt aussi criblé de coups. Et Guais fut pendu.

La chouannerie n'eut jamais de chef organisé dans la Vendée.

... Fonténiac maréchal de camp, le baron de Cormatin major général.

1794 (an III) Le représentant Boursaut (Rennes ?) signale le Maréchal de Logis Villambre comme une espèce de Quintal à sa façon, émigré avec les officiers de son régiment, faisant la correspondance des Princes. Intriguant, insouciant, audacieux. – Il eut des remords, se dénonça, et demanda à être guillotiné.

Chefs du Morbihan – Beaumanoir, Boishue, le baron de Quengo.

On n'avait pas encore parlé d'amnistie en Nov. 1794.

Les drôles de gens que ces chouans, disait Hoche, on ne les voit jamais.

Puisaye signait Joseph ; – Théobald, Cormatin.

Le comte de la Roque, de Mortain.

1795 – La Roberie aide de camp de Charrette. Avait été envoyé demander des secours en Angleterre avant la prise de Noirmoutier.

Prigent, émigré.

En janvier 1794, douze colonnes placées sur une ligne de plus de 30 lieues de St Maxence au Pont de Cé devaient incendier et raser la Vendée de l'Est à l'Ouest (invention Turreau).

Le faux et singulier évêque d'Agra s'appelait Guillot de Folleville. 31 ans, pris avec le prince de Talmont. Jugé à Angers 94. Natif de St Malo. Ancien curé de Dol.

Forêt du Pertre (non loin de Vitré...) (1794. fév. St Jean).

Hago et Moulin le jeune se donnèrent la mort pour ne pas tomber entre les mains des chouans (Mars 1794).

Les chouans dans les bois de Maumusson près de Candé, et près de Craon dans la forêt d'Ombrée.

Bande nombreuse à Fontaine Couverte, près de la forêt de la Guerche. 2 avril 1794.

Ils se reliaient par les forêts (Rossignol et Kléber).

Charrette draconien et terrible. Le pays n'a connu d'autre loi que sa volonté.

Avril 1796. Louis de Frotté en Normandie – désigne pour commander M. de Bricqueville sous le nom d'Adolphe.

La Poterie tué à Vire.

P. M C.D.S. [1]
Forster [2]
Le carquois d'or de Sobieski.

En 1661, voici l'étonnant discours qu'il faisait à la Diète :

« Si vous ne renoncez pas à vos privilèges personnels (le *liberum veto*) la Pologne est perdue. Le Mos-

---

1. Pour Mon Château Des Soufflets ; Barbey ne retiendra pas ce titre, et lui préférera « Un prêtre marié ».

2. Charles de Forster, littérateur polonais né en 1800, et auteur d'une *Histoire de la Pologne*, Paris, 1840.

kovite nous arrachera la Russie et la Lithuanie ; le Brandebourgeois s'emparera de Posen et de la Prusse, et l'Autriche, plus loyale que ces deux puissances sera tentée de les imiter. Elle prendra Krakovie et la Petite Pologne.

Coxe. Staroste. Palatin. Castellan. Hetman [1].

En 112 ans, 48 diètes dissoutes par le *liberum veto*.

La femme de Sobieski était française (Mlle de la Grange) – avide, ambitieuse, intrigante, elle le rendit extrêmement malheureux.

La vie de Jean Casimir est un vrai et beau roman historique. Sous son règne les Cosaques de l'Ukraine secouèrent le joug de l'aristocratie polonaise, la Suède battit la Pologne – la noblesse se révolta sous prétexte de hauteur de la part de son souverain.

---

1. Hetman : celui qui occupe la plus haute dignité chez les Cosaques ; palatin : gouverneur de province en Pologne ; castellan : gouverneur de places en Pologne, dignitaire venant après les palatins ; staroste : gentilhomme polonais jouissant d'une sorte de fief (starosie).

Casimir était brave à la guerre, et pénétrant en politique. Il jugeait son pays et en a prédit la ruine. La coupe du mépris finit pas déborder en lui et il abdiqua en 1668, à 68 ans après en avoir régné vingt.

Avant d'être roi, il avait été cardinal et jésuite. Il vint en France – reprit l'habit de prêtre et Louis XIV lui donna l'abbaye de St Germain. Il vécut quatre ans son abdication, tué d'un ennui qu'une femme seule (passion tardive!) et qu'il a peut-être épousée secrètement lui apprit à supporter. [Il] dit que jamais il y ait eu plus de netteté dans la prédiction.

Jean Casimir était aussi abbé de St Martin, en Nivernais. Il est mort à Nevers.

(P. à lire : M. de Raumer [1]. *Chute de la Pologne*.)

Les Polonais – buveurs immenses – avec la violence slave (rappellent le souper de Constantinople à Judith – en 1576, ils brisèrent dans leur repas, en l'honneur de leur prétendant, leurs grandes coupes de cristal, pleines de Tokay, sur leur occiput. (P.M.C.D.S.)

Le vent des Ourals et des plateaux de la Moscovie souffle toujours en ces têtes slaves, impétueuses et folles.

---

1. Frédéric Louis Georges de Raumer (1781-1873), historien allemand, auteur du *Démembrement de la Pologne*.

Ils avaient mis l'insurrection dans la Loi ! Le Rohosz était une insurrection formelle contre le ROI... Ils ont précédé de toute la longueur de leur histoire le principe de M. de la Fayette.

Pourquoi demandez-vous des reliques ? disait Paul V aux Polonais en 1621.

La croix de cet accablé de la vie, fut Marie Mignot – une ancienne blanchisseuse – extraordinaire comme Catherine, la femme de Pierre le Grand, la servante du Pope – qui avait eu la séduction et le caractère de se faire épouser, d'abord par un conseiller de Grenoble, ensuite par le Maréchal de L'Hôpital (*MEM*. Etudier ces deux figures)

Mieczilas [1] Ier-Neuvième siècle.

La ligne des Piast s'éteignit avec Kasimir le Grand. 1370.

Jagellon. 1386 – Le dernier des Jagellons. 1572, – Sigismond Auguste.

Le premier des Poniatowski (Stanislas Auguste). –

1. Miecislas Ier, roi de Pologne, dit le Glorieux (931-992) ; après qu'il eut reçu le baptême, il entraîna dans sa conversion les principaux seigneurs polonais.

Le père du Roi de Pologne, – n'est qu'un bâtard du Comte Sapiska ; – avait tourné la tête à une Czartoryska – qui l'épousa. Les Czatoryski descendent collatéralement des Jagellons.

1757. Bataille de Rosback.

Il frappait ainsi sur l'organisation de St Colomban – hostile à Rome.

Et en ce faisant la question n'était pas pour lui d'enrichir une armée, « mais de détruire à la fois un parti social, religieux et politique ».

Seule la foi religieuse pourrait remplacer la foi dogmatique, et c'est uniquement par la communauté de croyance que Pépin se flattait de suppléer à ces traditions de famille, qui, à tort ou à raison, groupaient autour des Mérovingiens les Ducs d'Aquitaine, de Bavière et de Frise.

Rome mit ses faveurs au prix de la civilisation de la Germanie par l'Evangile.

L'hérédité royale n'était plus le code des tribus barbares. L'épée de Charles Martel l'avait chassée avec l'islamisme... Vainqueur des Arabes, Charles les avait imités en les terrassant. A défaut de sang royal, les Arabes improvisèrent une dynastie dans la famille de leur prophète. Ils firent un calife, un Roi Prêtre... Le califat et la puissance temporelle de la Royauté appartiennent à la même époque. L'orthodoxie et l'islamisme, la vérité et l'erreur réalisèrent presque à la fois la pensée du siècle – Une couronne sur une thiare.

Pour formuler cette idée provisoire, mais féconde, tout était prêt. Le sacerdoce suprême – Une famille sacerdotale et guerrière... Le peuple avait vu pendant trois générations l'homme d'armes et l'homme de Dieu se tenant par la main comme dans les Eglises, Saint Augustin et Saint Georges, Saint Ambroise et Saint Maurice, mis côte à côte sur les compartiments des Images détachées à la lueur des cierges sombres.

Pépin à Soissons était Roi et ne l'était pas. Il était roi nouveau, roi moderne, roi d'institution et de forme récente. Il n'était pas roi dans le sens primitif.

Il n'était pas un descendant des Dieux, un fils des Ases, un Mérovingien, un Balthe, un Amade, un Agilelfinge. La royauté s'était déjà superficiellement étendue sur sa personne... Elle ne s'était pas identifiée à sa substance, elle ne s'était pas assimilée à sa race. Les Mérovingiens étaient princes par le sang... Tradition divine, mais rien au monde ne pouvait faire supposer dans les petits fils d'Arnoul de Metz une descendance royale... On connaissait alors toutes les ramifications de la Maison qui nous a dérobé avec tant de soin le secret de sa filiation...

Les Carlovingiens ne pouvaient invoquer le marteau de Thor, brisé par leurs mains. Catholique, Pépin ne pouvait invoquer les fables évanouies à la clarté de l'Evangile... Chassé de l'Olympe scandinave, il devait puiser sa force dans le christianisme... et il l'y trouva... Il chercha au-dessus de sa tête une consécration qu'il n'avait pas dans les veines.... Il donna à son élection le caractère héréditaire transmissible, divisible, enfin le caractère royal tout entier. Il eut recours à l'antiquité hébraïque et demanda sa régénération au Sacre.

Le traité de Verdun a tracé les trois grandes divisions qui en y joignant la Péninsule et plus tard les

Îles Britanniques constituèrent l'Europe jusqu'au traité de Westphalie. Cette œuvre durable ne put [être] fondée que sur les débris de l'Empire de Charlemagne.

... Les autres chroniqueurs ne savent, ce qui prouve qu'une telle question préoccupait bien peu les esprits et combien la sympathie et l'antipathie des races était loin d'être le mobile des révolutions dynastiques du Xe siècle. Le carolingien Charles-le-Simple et le capétien Eudes prêtèrent également hommage au roi de Germanie. Eudes ne fut pas élu, comme le plus Gallo-Romain, mais comme le plus brave. Il battait les Romains et les autres en avaient peur. Voilà tout le mystère !

Il n'y eut jamais d'Isidore Mercator, ou Peccator, auteur des *Fausses décrétales* – V. le Pseudo Isidore [1] – et : *Turrianus vapulantes* [2] de Blondel [3], et Ballerini [4]...

---

1. Nom sous lequel on désigne un compilateur du IXe siècle. *Les Fausses décrétales* ont été imprimées à Paris en 1524.

2. Turrien, ou Torrès (Turrianus en latin), théologien espagnol, v. 1504-1584 ; il soutint l'authenticité des *Fausses décrétales* dans un ouvrage publié en 1572.

3. Blondel, David (1591-1655), pasteur de l'Eglise réformée et savant historien ecclésiastique, il est l'auteur du *Pseudo-Isidorus* et de *Turrianus vapulantes* (Genève, 1628) dans lequel il réfute les arguments de Turrianus, qui avait défendu les *Fausses décrétales*.

4. Ballerini, Pierre, littérateur et théologien italien, mort vers 1764 ;

Le livre parut, annoncé sous le titre de *Code Isidore* et réprouvé par Riculfe [1], mais il ne parut qu'après un long intervalle. S'il était permis de préciser une date au milieu de ces ténèbres, il vit le jour et ne devint public que la dernière année de Louis le Débonnaire. Derrière ces grands prélats, ces évêques, ces hommes d'épée, de plume, de pensée et d'action, qui entouraient le trône de Charlemagne et sapaient celui de son fils, on découvre au fond de la sacristie du dôme de Mayence, au pied de l'autel, en costume de diacre (et plus tard dans une stalle de chanoine) une figure dont l'histoire ne nous a pas transmis les traits, mais que je me représente volontiers fine, pointue comme la belette, et pâle avec des yeux ardents.

Benoît n'était ni évêque, ni abbé. Il ne portait pas la chape d'or, ni la crosse pastorale. Diacre, lecteur, tout au plus Lévite, il ne voulut être connu que sous ce nom. Benoît n'en était pas moins l'âme, la pensée, le mauvais génie de l'Eglise militante. Il avait fait un recueil des Capit[ulaires].

---

il donna une importante édition des œuvres de saint Léon, qui contribua à le faire déclarer docteur de l'Eglise.

1. Prélat français, mort vers 902. Il fut évêque de Soissons (c. 887) et l'auteur d'une constitution ayant pour objet principal de corriger l'ignorance des clercs.

La prétendue Diète de Worms.

Benoît Lévite [1] est l'auteur de cet ouvrage. A-t-il fait aussi les *Fausses décrétales*. Nous n'en doutons pas.

Que voulaient les archevêques de Mayence ? Soustraire l'épiscopat au pouvoir régulier et, pour échapper au pouvoir laïque, il fallait la surmonter d'une puissance plus grande que la royauté elle-même... Il ne suffisait pas des paroles d'un Optat [2] de Milève. Il fallait des décrétales des souverains pontifes non tronquées, mais successives, enchaînées, rangées par ordre diplomatique... Il fallait cela pour que l'empereur laissât en repos l'évêque et surtout l'archevêque métropolitain. Voilà les *Fausses décrétales* !

Ensuite tout fut systématiquement coordonné. Réginon [3], abbé de Prüm, le plus grand canoniste de

---

1. Diacre de Mayence, il ajouta trois livres à la première collection de *Capitulaires* due à Anségise, abbé de Fontenelle et de Flavigny.

2. Evêque de Milève, Numidie, c. 315, mort après 386. Il réfuta la doctrine de Donat dans un traité intitulé *De schismate donatistorum,* publié pour la première fois en 1549 à Mayence.

3. Mort en 915. L'ouvrage auquel Barbey fait allusion s'intitule *De*

l'époque renferme en deux livres les causes synodales et la discipline ecclésiastique. Les prolégomènes de l'Eglise régénérée étaient tracés. Elle n'attendait plus que Grégoire VII.

1762. La pacification de Hubertsbourg qui mit fin à la guerre de 7 ans rétablit en Allemagne les choses sur le pied où elles étaient au commencement des hostilités. L'Autriche et la Prusse ne retirèrent d'autre avantage que d'avoir mesuré leurs forces et conçu le désir salutaire de ne pas renouveler une lutte terrible.

... La Saxe fut épuisée... Les Etats d'Allemagne qui avaient embrassé la cour de l'Autriche furent ruinés par des contributions énormes... La France perdit la Louisiane, le Canada, le Cap-Breton avec toutes les îles du Golfe et du fleuve Saint Laurent, la Grenade et les Grenadins, St Vincent, la Dominique et Tabago. L'Espagne renonça à la Floride et à toutes ses possessions d'Amérique et la puissance de l'Angleterre fut ainsi assise dans cette partie du globe (Coxe).

---

disciplina ecclesiastica veterum, praesertim Germanorum, libri duo. (Helmstadt, 1659 et Paris, 1671).

Justification du mot du premier Pitt : la conquête de l'Amérique se fera en Allemagne.

V. Koch [1] *Hist. des T. relatifs au démembr. de la Pologne.*

Mot superbe de St Bernard en parlant du chaste et orgueilleux Arnaud de Brescia : « *c'est un homme qui ne mange ni ne boit, et ne vit que du sang des âmes !* »

Vers 1280 (je crois) un prêtre de Bolsena ayant eu le malheur de douter de la présence réelle tandis qu'il célébrait, l'hostie saigna sous ses mains.

Rire. – Les gens sérieux ne rient point parce qu'ils considèrent mûrement une chose et ne s'en laissent pas détourner par un autre.

Les bêtes ne rient point parce qu'elles ne font aussi attention qu'à une chose. Quand une autre vient les toucher, elles s'y tournent tout entières.

---

1. Christian Guillaume de Koch (1737-1813), publiciste et historien, auteur de nombreux ouvrages sur l'histoire de l'Europe, dont le principal a pour titre *Tableau généalogique des maisons souveraines de l'Europe.*

Les rieurs ne considèrent les choses que légèrement, s'en laissent facilement détourner.

Pour nous montrer que ces gens-là sont intermédiaires entre l'homme et la bête, ils ont imaginé des satyres rieurs.

(Vico)

Développer, éclairer et prouver ? Forte thèse !

Il n'y a au monde que deux genres d'esprits, – les esprits métaphysiques et ceux qui ne le sont pas, – et tout ce qui n'est pas métaphysicien est fataliste, – en plus ou en moins.

— Les esprits métaphysiques qui ne sont pas seulement métaphysiques, et qui sont supérieurs, sont les premiers esprits de l'humanité – C'est Charlemagne et St Augustin.

— Les esprits qui ne sont que métaphysiques, c'est St Louis et c'est lamentable à dire ! c'est aussi Robespierre.

— Ce qui n'est pas métaphysique, mais qui est supérieur, du reste, c'est Napoléon.

Toute bonne idée – a dit Goethe – a déjà été exprimée au moins une fois. On n'a qu'à la repenser sous sa forme propre à sa nature personnelle.

XII

Le rubis est avec le zircon, le grenat et le saphir, la plus lourde pierre, comme le saphir, il ne perd dans l'eau que le quart de son poids.

XIII

Escarboucle, – le plus beau des rubis – nommé par Pline – *Carbunculus.*

XIV

Certains rubis, – taillés en gouttes de suif, en cabochon, – en calotte sphérique – présentent dans leur rouge une étoile blanche de 6 rayons. C'est l'astérie qui change de position sur la pierre avec l'œil.

XV

Après le rubis : l'émeraude (Pérou) pierre très tendre, – raye à peine le cristal de roche, – mais elle ne perd rien aux bougies.

XVI

Néron qui était myope se servait d'une émeraude pour regarder dans le cirque.

XVII

Hauy a rattaché à l'émeraude l'aigue marine d'un bleu verdâtre et le béryl qui est jaune : – même composition chimique.

XVIII

Le saphir qui vient après l'émeraude est la plus dure des gemmes. On pouvait le regarder comme un rubis bleu et le rubis comme un saphir rouge. On doit dire avec Hauy et Maire que l'alumine cristallisée a toutes sortes de couleurs. L'espèce minéralogique à laquelle appartient [...]. Il y en a de blanc comme un pur cristal de roche – mais comme le saphir blanc, il n'a pas deux aiguilles.

XIX

Les corindons de toute couleur sont supposés d'être astéries.

XX

Têtes de chat (du Ceylan) – en cabochon très relevé, – verte, traversée par des filets d'amiante blancs.

XXI

Après le saphir, l'opale – l'opale arlequine.

XXII

L'opale est très tendre. Dans sa composition chimique il n'entre que du quartz hydraté.

XXIII

La topaze vient du Brésil et de la Sibérie. On en trouve aussi en Saxe. Il ne faut pas la confondre avec la topaze orientale (orange foncé).

XXIV

La topaze bleue du Brésil ne monte jamais jusqu'au saphir. – C'est une aigue marine supérieure.

XXV

La turquoise est un ivoire fossile. C'est une dent de mastodonte, coloré par le cuivre en vert céladon.

C'était Mme Cornuel [1] qui disait que l'abbé de Bois Robert avait fait sa chasuble d'une robe de Ninon.

Splendida bilis, dit Horace [2] !

1. Anne-Marie Bigot, dame Cornuel (1614-1694) célèbre pour ses bons mots.
2. *Satires*, II, 3, v. 141 « bile brillante ».

Mme Tencin mettait la main sur le cœur de Fontenelle et lui disait : c'est de la cervelle que vous avez là.

3 origines à la poésie selon B K.
— les lois, la balance –
— la proclamation, la gloire –
— la liturgie – la croix

II

Noirceur verte de la falaise à droite, – sans le village blanc, aux [...] et aux escaliers vénitiens bordant le havre – et les vaisseaux qu'on radoube couchés sur le flanc, mastodontes de bois dont un homme en chemise bariolée panse les vastes blessures. –

C'est le squelette étriqué de Carteret, – la falaise à droite, moins haute, – au lieu du fort au flanc d'où Vellini [1] se précipite, il y a un phare sur la cime, – le ton de la base est d'ocre, il est de bronze à Carteret et cette base est hérissée d'écueils.

Les maisons de la côte ont les pieds dans l'eau, – il n'y a pas de mer de sables et de dunes qui en sont les vagues à traverser avant d'arriver à l'autre mer, – pas

1. Episode du roman *Une vieille maîtresse*, paru en 1851.

de Jersey, pas d'île, cette demi-ligne étincelante ou sombre, mystère de la mer à l'horizon –

Au lieu de la ligne droite du flot déferlant, – une courbe – et en face la falaise, au lieu de l'étincelant prolongement de la mer qui s'enfonce dans l'horizon et finit par y baiser le ciel, (Carteret) vous avez un petit fort blanc qui s'élève et qui fait pendant à l'autre fort, Socoha.

Et puis, au lieu de l'auguste solitude, – des maisons roses de bains, tachant plus la plage que les excréments de la bête qui passe, – car c'est la civilisation qui lave là ses prétentions et ses maladies –

L'homme a le don d'avilir la Nature en la touchant et de la rendre presque aussi ridicule que lui !

Bastide-d'Armagnac

Je suis dans ce pays d'hier – mal content du lieu même. J'ai sous ma fenêtre un petit vallon qui me rappelle Bourg-Argental, – mais Bourg-Argental à certaines places, – pas aux grandioses, – aux pathétiques, – car les montagnes ont leur pathétique, – mais aux jolies, les jolies qui ne touchent pas au fond de nous.

De Bordeaux ici n'ai vu qu'une belle chose, mais extrêmement belle, – digne de la grande peinture et de la grande poésie. C'est le commencement des Landes, sur la route de Roquefort en partant de Langon. – Figurez-vous une plaine immense couleur tan, bordée à des points distants dans l'horizon par des lignes de pins qui font forêts, – rien n'est plus profond, plus imposant et plus triste.

Avec cela, c'était éclairé à souhait ! Un ciel gris, une lande de nuée dans le ciel, du ton le plus fer, – et là-bas, au couchant un soleil rouge qui crevait le ciel gris et brillait sans aucun rayonnement, – comme une blessure de solitude complète, – çà et là quelques toits bas, touchant la terre, – et à un coude de la lande – une troupe de bohémiens assis par terre autour du feu, – les femmes tricotant, les chevaux paissant derrière, – une voiture fermée reposant sur ses brancards dans le chemin, – jongleurs ambulants, – au fond qu'est-ce que la vie, – une auberge, – à la belle étoile souvent !

Voilà pour la nature qu'aimait Guérin, la nature des grands peintres pathétiques.

Le passé est le père de l'avenir, mais il faudrait que le présent fût une bonne femme de ménage pour que l'enfant fût bien élevé. (B.)

La scholastique et ses 40 000 bibliothèques.

Les établissements de Saint-Louis pour l'organisation démocratique des classes ouvrières

Les servitudes chevaleresques noblement échelonnées entre elles

L'architecture féodale et religieuse

Une grande propriété, magnifiquement nourricière

Chômage et fête, la moitié du temps

Costumes originaux et caractères dans les provinces.

Ah ! nos débris sont encore ce que nous avons de plus beau.

ART

Les aptitudes spirituelles (je ne dis pas les facultés) se développent en proportion des dispositions morales.

Les facultés caractérisent officiellement l'état-major.

Il existe 9 horizons dont nous occupons infailliblement le plus bas degré. Les 8 autres sont sujets à des éclipses plus ou moins absolues et cependant, même dans la sphère la plus basse des timbres surnaturels sonnent encore dans ce monde sourd.

Neuf mondes — Kosmos
L'humanité
Le moi
La famille
L'ordre social
L'ordre politique
L'histoire
La religion
et le monde surnaturel

Baie de St-Jean-de-Luz.
18 7bre 57.

I

Vauvenargues – était-il ambitieux parce qu'il était impuissant, comme les gens boiteux haïssent le logis!... toujours est-il qu'il prélude aux tristesses des Renés du XIXe siècle. Comparer sa tristesse aux tristesses de Chateaubriand, qui eut tout, la beauté, la santé, la noblesse, le succès, la gloire de bonne heure, une femme qui l'aimait et qu'il n'aimait pas (deux profils, il était adoré et il était tranquille) toutes les bonnes fortunes, et la grande, la fortune de l'ambition, des millions, des décorations, la vieillesse idolâtrée, l'ensevelissement par des saintes femmes et à qui une Anglaise disait dans le salon de Mme Récamier en le regardant, dans une fête qu'il donnait à Rome : « Vous êtes bien malheureux, M. de Chateaubriand. » Vauvenargues, lui, meurt pauvre, jeune défiguré, ambitieux et n'ayant jamais traîné que son [...] dans la crotte, criblé de petites dettes, grandes comme des trous de crible, espèce de Job d'un stoïcisme vain, – qui manqua jusqu'à de fumier.

Singulière figure parmi toutes ces figures d'étourneaux joyeux du XVIIIe siècle !

Le plus malheureux, après tout, c'est peut-être Chateaubriand que toute cette merveilleuse destinée ne désennuyait pas !

II

L'œuvre de Vauvenargues est trop longue, – ne tient que sur deux ou trois cartes à jouer, mais ce sont des atouts. J'ai noté ceux-ci.

1

L'admiration est le terme de nos connaissances.

2

Je suis toujours surpris que les rois n'essaient pas si ceux qui écrivent de grandes choses ne sont pas capables de les faire, – cela vient vraisemblablement de ce qu'ils n'ont pas le temps de lire.

4 (sic)

C'est dans notre propre esprit et non pas dans les esprits extérieurs que nous apercevons la plupart des choses. Les sots ne connaissent presque rien parce qu'ils sont… ?… et que leur cœur est étroit, mais les grandes âmes… n'ont pas besoin ni de lire ni de voyager, ni d'écouter, ni de travailler pour découvrir des vérités, elles n'ont qu'à se replier sur elles-mêmes, et feuilleter leurs propres pensées.

5

Les folies de Caligula ne m'étonnent point. J'ai connu beaucoup d'hommes qui auraient fait leurs chevaux consuls s'ils avaient été empereurs romains.

Je pardonne par d'autres motifs à Alexandre de s'être fait rendre des honneurs divins, à l'exemple d'Hercule ou de Bacchus qui avaient été hommes comme lui et moins grands hommes. Les anciens n'attachaient pas la même idée que nous au mot de Dieu, puisqu'ils en admettaient plusieurs, tous imparfaits : or il faut juger les actions des hommes selon les temps. Tant de temples élevés par les empereurs romains à la mémoire de leurs amis morts n'étaient que les honneurs funéraires de leur siècle, et ces hardis monuments de la fierté des maîtres de la terre n'offensaient ni la religion, ni les mœurs d'un peuple idolâtre.

6

Les sots s'arrêtent devant un homme d'esprit comme devant une statue de Bernini et lui donnent en passant quelque louange ridicule.

7

Il n'y a qu'une seule passion qui parle ridiculement et sans éloquence, et c'est la passion de l'esprit.

8

Le plus grand mal que la fortune puisse faire aux hommes c'est de les faire naître faibles de ressources et ambitieux.

9

Quelques-uns entretiennent familièrement et sans façon le premier [...] qu'ils rencontrent comme on s'appuirait (sic) sur son voisin si on se trouvait mal dans une église.

10

La plupart des grands hommes ont passé leur vie avec d'autres hommes qui ne les comprenaient point, ne les aimaient point et ne les estimaient que médiocrement.

11

Si un homme est souvent malade et qu'ayant mangé une cerise il soit enrhumé le lendemain on ne manque pas de lui dire pour le consoler que c'est sa faute.

Correspondance inédite de l'abbé Galiani 1818.

Quand il croit que le roi de Pologne lit ses lettres et les communique au nonce du pape, quelle terreur !

Quelle scène à Mme d'Epinay !

C'était l'abbé Galiani qui disait que la persuasion de la liberté constituait l'essence de l'homme – être persuadé d'être libre est-il la même chose qu'être libre ? Ce n'est point la même chose, mais cela produit absolument les mêmes effets en morale.

S'il y avait, ajoutait-il, un seul être libre dans l'univers, il n'y aurait plus de Dieu. Il n'y aurait plus de liaison entre les êtres. L'univers se détraquerait.

La conviction de la liberté suffit pour établir une conscience, etc. etc.

Elle suffit à tout.

L'objection – c'est comment on peut être convaincu d'une chose quand le contraire est démontré ?... mais voici la réponse :

Tout comme on est intimement convaincu que 2 infinis sont égaux toujours, pendant qu'il est démontré par le calcul intégral qu'un infini peut être le double, le triple d'un autre et mille autres théorèmes de géométrie pareils tout le temps que la cervelle humaine ne peut pas se former l'idée de qq. chose la démonstration ne peut se changer en persuasion. Impossible à nous...

L'idée de l'infini. La démonstration ne pourra donc pas se changer en persuasion. Les idées ne suivent pas le raisonnement. Elles le précèdent. Elles suivent les sensations.

On n'a d'attachement à la vie d'autrui qu'en proportion de l'attachement qu'on a à la sienne, et l'on n'est attaché à la vie qu'en proportion du plaisir qu'elle nous cause. Les paysans meurent tranquillement et voient mourir les autres stupidement – un homme envoyé à Bicêtre pour toujours apprendrait toutes les morts de l'univers sans regret.

En politique je n'admets que le machiavélisme

pur, sans mélange, cru, vert, dans toute sa force, dans toute son âpreté. Raynal s'étonne que nous fassions la traite des nègres en Afrique et pourquoi ne s'étonne-t-il pas qu'on fasse la traite des mulets de la Guyenne en Espagne ? Y a-t-il rien de si horrible que de châtrer des taureaux, de couper la queue aux chevaux brigands des Indes ? Scipion le fut des côtes de la Barbarie, César des Gaules. Il dit que cela tournera mal. Mais tout le bien tourne en mal. La danse tourne en lassitude, et l'amour ? Il n'y a plus de commerce lucratif au monde. Le seul bon est de troquer des coups de bâton qu'on donne contre des roupies qu'on reçoit. C'est le commerce du plus fort.

Différence entre l'ennui et la souffrance. On engraisse dans l'ennui, on est un cheval de l'écurie d'un grand seigneur. Celui qui souffre est un cheval de Fiacre.

La galanterie est la pierre ponce des nations. Elle les polit.

Un pouvoir doit être absolument Pouvoir. Sinon il n'est qu'une des formes de l'impuissance.

Lorsqu'on touche aux questions de tuf, c'est qu'on a donné contre.

Nous nous croyons du génie. Nous n'avons tout au plus que des besoins et des besoins urgents.

Le Moyen Age n'a pas agité la question de l'organisation du travail parce qu'il possédait cette organisation.

Quand la routine nous manque, revenons à Moïse.

C'est l'envahissement de la centralisation et non le progrès que ce livre raconte.

Vis-à-vis de cette théorie acceptée, quelle part l'auteur ferait-il à l'ordre magistrature
armée
sacerdoce
superascendance qui lui est inconnue.

L'épée de l'ordre sort des mains de l'armée, la constitution de l'ordre, l'ordre constitutionnel des choses, l'anatomie fondamentale de la moindre horde porte sur ce point improgressif, organique et virtuel.

Le 1er né des entrailles sociales, le pouvoir exécutif, c'est le soldat.

Pour M. With., – l'état c'est le factotum social à pouvoir illimité. On pourrait dire dans cette théorie qu'en dehors des temps du pouvoir absolu, nous devenons plus absolutistes.

Il y a des mobiles d'impulsion dans la famille ancienne et dans la famille nouvelle que l'individu ne saurait abstraire par ingratitude et sottise.

Les hommes énergiquement dominateurs entraînent les siècles.

Battre en brèche le *Contrat social* de J.J. Epicurien de basse classe ou d'antichambre, qui se maria comme un épicurien, mais à son rang, avec Thérèse et se défit de leurs petits... dont il doutait systématiquement.

172. Il comprend la fonction.

174. L'Eglise est mieux qu'un peuple et les réunit tous. C'est le corps de Jésus-Christ militant, souffrant, triomphant.

L'Etat, c'est donc la série des organes du droit pour la protection du pouvoir exécutif.

Du vague souvent parce qu'il n'a pas caractérisé les 9 fonctions sociales.

La société est le corps de l'Etat, l'Etat c'est l'âme. La confond souvent avec l'état de la société.

Voir la page 205.

Nulle niaiserie dans la conception de son progrès. Voir la page 214.

Il croit que le principe de la vie sociale survit à l'Etat et est antérieur aux religions.

264. Comp. Le Moyen Age – voit tout dans la nation moderne, ne sait pas le Moyen Age.

Juge admirablement les différences entre l'Etat et les individus, – il a la notion de la fonction. 269.

Magnifique jugement sur le franc. 273.

Bat Bastiat et se moque des lois naturelles, 289.

306. César Borgia.

Civilisation. 330.

Ce sera toujours une fascination pour les penseurs sérieux que donner à l'Etat la prépondérance sur les individualités qui s'imaginent l'absolu un jour tentera toujours une pensée vaillante et sérieuse.

Correspondance de de Maistre.

Les imbéciles qui ont rendu compte de ce livre n'ont rien compris à cet homme-là – qui ne fut jamais plus l'homme des papes que quand il dit du mal d'un certain pape. Et d'ailleurs n'y a-t-il pas le mal qu'on dit de ceux qu'on aime et les morsures de l'amour ?

J'ai toujours observé qu'on peut tout dire aux Français – la manière fait tout.

C'est le plus terrible livre contre les rois que ce livre. On voit la bêtise profonde de ces gens-là qui ne veulent jamais croire que leurs serviteurs. Vu à cette lumière, Louis XIII qui garda Richelieu paraît très grand.

Lord Cornwallis fit le traité d'Amiens sans savoir le français.

Souvenez-vous bien Monsieur que dans toute affaire politique il y a une femme. On ne l'y voit pas toujours, mais regardez bien, elle y est.

Comme l'aiguille fait le trou pour faire passer le fil, il cite pour exemple : Nul prêtre n'a le droit d'empêcher une femme d'entrer vivante dans mon lit, s'il la revoit morte dans son cimetière.

Les vertus poussées à l'excès deviennent des défauts.

Les yeux méridionaux peuvent lire la majesté à travers la simplicité. Non les organes russes.

Toutes les nations ne peuvent pas supporter toutes les vertus.

Je ne me croirais pas noble si je pouvais refuser à un noble tombé dans la disgrâce le léger secours qui dépendrait de moi. J'aurai l'honneur de mourir sans avoir jamais compris qu'un roi puisse n'être pas royaliste.

Jan. 1804. en Russie parmi les fortunes énormes, tout le monde...?... personne ne paye ses dettes et il n'y a point de justice.

Le mot de sang-froid de M. de Hedding, l'homme que j'estime le plus, rapportant M. de Markoff[1] : Je crois en effet que c'était un scélérat avant qu'il eût fait sa fortune, mais je crois que depuis qu'elle est faite il a suivi d'autres maximes. De quoi pourriez-vous vous plaindre ?

N'a-t-il pas dit à Dieu : sortez de nos lois, de nos institutions, de notre éducation ? Nous ne voulons plus de vous. Qu'a-t-il fait ? Il s'est retiré et il vous a

1. Arcadi Ivanovitch comte de Markoff, diplomate russe ; il fut nommé ambassadeur à Paris en 1801 et signa le traité de paix entre la France et la Russie.

dit : Faites ! Il en résulte notamment l'aimable seigneur de Robespierre. Votre Révolution n'est qu'un grand et terrible sermon que la providence a prêché aux hommes. Il est en deux points. Ce sont les abus qui font la Révolution, c'est le premier point et il s'adresse aux souverains. Mais les abus valent infiniment mieux que les révolutions et ce second point s'adresse aux peuples.

Il n'y a pas d'homme qu'on ne puisse gagner avec [...] par des opinions mesurées.

Tout homme doit se connaître et agir comme il peut avec son caractère. On ne fait que des balourdises avec celui d'autrui.

Une république détruite ne peut jamais se relever. Il n'en est pas de même pour la monarchie parce que la monarchie c'est une chose simple. Mais la république est une machine très compliquée. Une fois détruite c'est pour toujours. C'est comme si vous mettiez le pied sur une morte, jamais vous ne la mettriez en état.

Il disait en 1804, les hommes sont conduits par les mots. Laissons subsister les républiques, mais donnons-leur des chefs héréditaires. Pourquoi le Roi de Sardaigne ne pourrait-il être aussi Doge de Gênes ??...

Ici (en Russie 1814) sous un gouvernement absolu, le souverain trouve plus d'opposition que sous une république.

Chez Pagnerre – *Hugues de St Victor*, par B. Hauréau[1].

Janissot Albert parfumeur 63 rue St Anne.

Ecrire à M. Thévenin rue St Jean Montmartre.

Ontologie ou étude de la Pensée par l'abbé Hugonin
2 volumes chez Eugène Belin.

Il y a mieux que de flatter l'amour-propre, c'est de ne jamais le blesser.

---

1. Jean-Barthélémy Hauréau, *Hugues de Saint-Victor, nouvel examen de l'édition de ses œuvres,* Pagnerre, 1859.

Science positive

Négation absolue des fautes premières et des causes fatales

Littré

L'univers est un ensemble qui a ses causes en lui-même et ces causes sont des lois.

A la transcendance (métaphysique) succède l'immanence (science positive).

Il dit encore former la pensée générale de toutes les pensées particulières.

Différence entre Littré et Comte ; – Comte avait dit : les conceptions passent par trois états : théologique, – métaphysique, – *positif*.

Comte dit les penchants *altruistes*.

Envoyer chercher chez Chamerot *Exposition abrégée de la philosophie et de la religion positive* par Célestin de Blignières [1].

Le besoin
Le moral — L'évolution
Le beau
Le scientifique

1. Jean-Jacques-Célestin-Pantaléon Le Barbier de Blignières (1797-1869), écrivain pédagogique.

Littré veut la méthode de Comte, mais ne veut pas le reste.

C'est-à-dire l'édifice social et religieux des temps futurs qu'il a essayé de bâtir.

On n'a jamais rencontré d'homme qui ne marchât sur les deux pieds. On en tira la loi empirique que jamais les hommes n'ont marché à quatre pattes, mais si l'on démontre anatomiquement que le trou occipital, placé chez l'homme autrement que chez les quadrupèdes, ne permet pas qu'il ait jamais eu une autre marche, la loi empirique devient rationnelle. (Littré)

(Paroles de philosophie positive).

Pascal

— Travail d'éditeur, – nul. Mon mérite est de classer les notes.

— Dit qu'il a eu toujours la foi. Est-ce vrai? Toujours réagi contre lui.

Toute l'éducation de Pascal est dans Montaigne.

Coleridge.

Etonné du peu que je trouve sur Shakespeare. Cependant voici une vue sur Othello :

Toute la vie d'Othello est en Desdemone ! quand il voit qu'elle, son ange, est tombée du ciel de sa native innocence, la guerre civile se met dans son cœur. Elle, d'autre part, est sanctifiée comme lui par sa confiance absolue et par l'abandon de l'intégrité divine de son amour (*holy entireness of love*) aussi, quand le rideau tombe, nous ne savons lequel des deux nous fait le plus de pitié.

Dit que pour la grossièreté de quelques conversations et expressions il faut comparer Shakespeare avec le ton général de son siècle et on verra l'exquise pureté de son imagination (*exquisite purity of imagination*).

Coleridge pensait que excepté *le rôle de Richard III* ce drame avait été écrit par un autre que Shakespeare. Le caractère de Lady Anne *disgusting*. (lettre de Robinson sur Coleridge)

Goethe, a dit Stratchey, a considéré Hamlet *du dehors* et Coleridge *du dedans*.

Génie irrégulier, enfant de la nature. Se soulève avec raison contre les épithètes. Il n'y a pas d'autres règles de poétique que des règles pour juger : d'unir la *puissance avec la beauté*.

Ne pas confondre la forme organique avec la régularité métrique.

Il y a l'unité de sentiments dans Shakespeare qui vaut bien toutes les autres unités.

Il va de Rabelais jusqu'aux précieuses ridicules, de la plus immense plaisanterie à la prétention la plus exorbitante.

Combien de grands hommes dans Shakespeare ?
Wordsworth (le chant de la chouette et peines d'amour perdues)

Tieck
Étymologie du nom – l'idée de l'homme pur sans aucun mélange, voilà les seules choses à noter du livre de Tieck sur Shakespeare. Lecture faussée par un romanesque sans profondeur. Livre usé, n'en pouvant plus –. Quand on se [...] de l'imagination de Heine, quelle pâleur !

Polonius est un rôle exquis – il est sage de la plus savoureuse sagesse et cependant il est ridicule et d'un ridicule le plus fin.

Roméo et Juliette – tout printemps et tout jeunesse, la jeunesse avec ses folies, ses vertus, ses impétuosités, printemps avec ses profusions, ses fleurs et leur promptitude à mourir (*transiency*). La même floraison de jeunesse et de printemps s'épanouit depuis le commencement jusqu'à la fin. Les vieillards chez les Capulet et les Montague ne sont pas des vieillards ordinaires, ils ont la chaleur de cœur, la vivacité, la véhémence, l'effet du printemps ! Roméo, lui, avec son changement de passion, son mariage soudain, sa mort (*Rash*) c'est l'effet de la jeunesse. Pendant que l'amour de Juliette a tout ce qu'a la mélancolie et la tendresse du rossignol et toutes les voluptés de la rose commençant avec la fraîcheur d'une matinée de printemps pour finir avec la langueur des souffles d'un soir d'Italie.

Polonius n'est pas un bouffon, c'est un formaliste.

Comme dans Homère, toutes les déités sont armées, même Vénus, tous les caractères sont forts, dans Shakespeare même les tendres et les *fous y sont sages*.

Coleridge donne 7 caractéristiques. 1 *Expectation in preference to suspense.* 2 *signal adherence to the great Law of Nature* (1) 3 *Keeping of* [...] *in the* [...] *road of life.* 4 *independence of the dramatic interest on the plot.* 5 *independence of the interest on story* (?) *as the ground work of the plot.* 6 *interfusion of the lyrical.* 7 *the characters of the dramatis personae.* Comme dans la vie réelle ils se dépassent et ils sont mal interprétés.

Passion displays libertinism but involves the morality. Il n'y a pas chez lui de caractères innocents, de vices vertueux, d'intéressants incestes comme chez Beaumont et Fletcher.

Fielding excelle dans la peinture des lords et des postillons.

Fallstaff n'est pas, comme Burns, un homme dégradé qui a du génie, mais un homme d'un génie dégradé qui a conscience de sa supériorité sur ses compagnons.

Le rangement par ordre de date et de composition des pièces de Shakespeare a été tenté par Coleridge à plusieurs reprises. M. Hugo a tourné la difficulté avec ses catégories et étiquettes.

Femmes de Sh – Shakespeare sait que le manque de prééminence (*prominence*) qui pour Pope était l'occasion d'un sarcasme, était la beauté bénie du caractère de la femme, et que ce manque de prééminence ne vient pas d'une indigence dans sa nature, mais de la plus exquise harmonie de toutes les parties de son être moral, pris de tête à cœur ; il la peint dans sa foi, dans sa patience, dans sa fidélité, dans sa fortitude avec son intention heureuse et son tact fin qui n'a besoin de l'intervention d'aucune faculté discursive et dans la lumière de ses affections à travers laquelle elle voit toutes choses et dans la seule erreur qui soit la sienne, – l'exagération de son amour. Toutes les femmes dans Shakespeare, c'est la même femme. Quand il y a individualité, elle tient aux circonstances ! C'est la même femme, seulement elle est jeune fille chez Miranda, épouse chez Imogène, reine chez Catherine. (B as B – –)

L'opinion politique de Shakespeare n'est jamais que philosophe et moraliste.

MEM.
Lire Cobbett. *Histoire de la Réformation en Angleterre.*

Le Xe siècle est, vraiment, dit Audin, l'âge d'or du monachisme.

V. le *Traité sur l'eucharistie* par Pélisson [1]. Mais les plus belles pages de controverse sur cette matière sont attribuées au cardinal de Richelieu, 1640 – in-

1. Paul Fontanier Pélisson (1624-1693), littérateur français, ami de Melle de Scudéry ; protestant, il se convertit au catholicisme et son *Traité de l'eucharistie* fut publié un an après sa mort.

folio. Méthode la plus facile pour convertir ceux qui sont séparés de l'Eglise.

On a de Farel : *Thèses de Bâle – Sommaire de la religion chrétienne. De oratione dominica. – Traité du Purgatoire, – de la Cène, – usage de la croix.*

Viret est connu par son commentaire sur l'Evangile de N.S.J.C. de la St Jean.

On disait au XVIe siècle : savoir de Calvin, – véhémence de Farel, – éloquence de Viret.

Pour ma notice sur Audin – Préparation.

Fragments.

Il reste toujours quelque chose de trop doux, – de trop lettré, – et de trop dupe des lettres dans Audin.

Dans son *Luther*, – il ne blâme pas Charles Quint de son imprudence de modération et de magnanimité à Worms.

Il faut aller jusqu'au 1er volume du *Calvin*, vers la fin, pour trouver cette phrase : « il y a des moments où l'on dirait que l'épée de Charles V fût changée en quenouille. Il s'amuse à discuter avec la révolte. *Discuter, c'est parlementer.* »

Homme doux, – trop doux, – ayant fait du miel de ce temps qui est un poison.

Peut-être que le côté le mieux et le plus défendu contre la religion par Audin c'est le culte artiste avant tout.

Quand les prétentions révolutionnaires sont pesées un pouvoir doit-il vouloir les réformes, même nécessaires ? Rome ne fit-elle pas une faute *en cœur humain* et en *pratique politique* (la même faute que la Constituante) en désirant pour avoir la paix des concessions non sur le dogme mais sur quelques points de discipline ecclésiastique. N'était-ce pas aussi parlementer ?

La République romaine, cet immense modèle, ne voulait entendre à rien avec ses ennemis, tout le temps qu'ils n'avaient pas déposé les armes.

La *Saint Barthélémy* d'Audin (ouvrage de 1829) est un livre d'un rhétoricien de talent, – pas plus – ce magnifique sujet d'histoire (le plus beau qu'un catholique puisse traiter) est étriqué et faussé par la sensibilité de l'auteur. Le sang trouble *Audin* parce que sa raison n'est pas assez mûre pour se mettre au-dessus des *sensations désagréables*... Première faiblesse de son livre. La seconde vient d'un sentiment honorable, mais dont il est la dupe encore, la *peur d'être injuste pour les protestants*. Poétiquement parlant, les protestants ont le grand rôle dans son ouvrage. La principale figure (trop épousée par lui) est Coligni, l'amiral de Chatillon. Pour sauver le catholicisme, mis en cause par ses ennemis dans ce fait terrible, il parle de la *St Barthélémy* comme d'un *séisme purement politique*, – inventé par Catherine de Médicis et exécuté par Charles IX. – Il n'y a que cela pour lui au fond de cette exécution qu'il maudit et qu'il ne comprend pas. – Ici, je crois fermement qu'il se trompe. Le catholicisme, *non pas l'Eglise*, mais l'esprit du catholicisme a décidé de la Saint Barthélémy, mais il faut bien comprendre *comment* et *dans quelles circonstances* et c'est ce qu'Audin, sentimental et honnête, dans le petit sens du mot, n'a pas su voir.

Il écrit son histoire pour les *femmes*, les jeunes gens et les poètes, et il fallait l'écrire pour les hommes d'Etat et en homme d'Etat. En l'écrivant avec cette sensibilité raccourcie, il a fait un livre que je n'hésite pas à appeler *dangereux*. Du reste *Audin* s'est repenti de cette histoire à mesure que son esprit s'est fortifié et qu'il a mieux su son XVIe siècle. [*Memorandum*. Demander à Maistre où je pourrais trouver les paroles de rétractation d'*Audin ?*... car il a, pour ainsi parler, rétracté son histoire de la St Barthélémy.]

Dans cette histoire, Catherine de Médicis n'est pas *pénétrée*. Audin n'a vu en elle que ce que les *dramaturges* de la porte St Martin y auraient vu. Tout cela *pue* horriblement le roman et le pamphlet protestant et prouve une fois de plus qu'on fait bien de chercher sa voie, car, avec beaucoup de talent, on est bien petit tout le temps qu'on ne l'a pas trouvée.

— un des arguments d'Audin qui veut justifier le catholicisme (lequel, du reste, n'a pas besoin d'être justifié) est emprunté aux médailles qu'on fit frapper, après la St Barthélémy (24 août 1572). Charles IX assis sur son trône, sceptre d'une main, épée de l'autre ; légende : *Virtus in rebella*, au revers : *Pietas justitiam excitavit* – une autre médaille porte l'effigie du roi avec cette inscription : Charles IX *vainqueur des rebelles*. Sur le revers un Hercule. « La légende de cette médaille, dit Audin, suffirait pour démontrer que la St Barthélémy fut un crime tout politique. »

Ce sur quoi il fallait insister c'est sur la disposition populaire que Charles IX et Catherine n'auraient pas pu gouverner et surmonter.

St Barthélémy est une revanche – Les catholiques se sentaient attaqués et perdus – c'est l'histoire tout entière qui se soulève, *l'esprit historique* de tout un pays. Cela dut avoir quelque chose d'implacable, car on ne viole pas le passé impunément et ce furent dix siècles de monarchie catholique qui se levèrent contre les protestants. Dans ces temps où la religion était encore plus que la patrie, la religion faisait ce que le patriotisme fit, en 1808, en Espagne. Ceux qui admirent l'un doivent admirer l'autre. Et ce n'est pas

tout, si on voulait analyser aujourd'hui que les questions de vivre, de subsistance, d'économie politique priment hélas ! sur les questions de religion et de patrie, il faut encore, du *bas* de ces idées, absoudre la Saint Barthélémy comme du haut des questions spirituelles, – chaque jour plus abandonnées, – car il est prouvé que la libre industrie protestante rompait les catégories de la corporation catholique. C'était donc, *économiquement* la ruine de la société catholique que les protestants, s'ils l'emportaient sur les catholiques, allaient décider.

Une société catholique qui avait *de la force au cœur* pouvait-elle vouloir cela ?... Quel mépris l'histoire n'a-t-elle pas pour les société qui ne savent pas repousser l'ennemi ! Pour les hommes politiques comme pour les chefs de guerre, la gloire est de *résister longtemps* et pour les peuples c'est la même chose. Résister à tout prix ! – L'honneur des peuples est comme l'honneur des femmes. Les violées de l'histoire qui ont tué ceux qui les ont violées sont des héroïnes. Le peuple catholique, violé dans sa conscience ne serait pas héroïque parce qu'il aurait tué ses provocateurs ?

Il est évident que pour de mâles esprits, de telles considérations sont *sans réplique*... mais l'esprit plus artiste que rationnel d'Audin ne les avait pas aperçues.

Il ne comprend pas tout ce qu'il y avait de vérité dans les lettres de Charles IX à ses gouverneurs et aux ligues et cependant il les cite à la fin de son volume. « *C'est un accident, dit Charles, advenu ces jours passés dans la ville de Paris à la suite d'une querelle particulière, arrivée à telle rage* etc. », et ces paroles que M. Audin cite comme des *justifications après coup* renferment sinon toute la vérité, – au moins la meilleure partie de la vérité. – Le peuple était envenimé et furieux.

Le style est chaud, coloré, mais presque enfantin, cherchant avant tout *l'effet pittoresque*. Il a les jeunes manies du temps (1829). On sent là-dedans un tempérament littéraire, mais c'est là tout. Audin n'est pas né. Il patauge dans je ne sais quel amnios, – dont il n'est sorti que plus tard. – En fait d'intelligence et de talent, ce n'est pas un fait d'hommes. Les gestations ne sont pas régulières et les enfants les plus forts dépassent bien souvent les neuf mois.

Luther – Œuvre de grand artiste catholique, mais où l'artiste prime trop l'homme d'Etat. – Bossuet avait fait de la discussion et de l'histoire théologique, – il restait à faire ce qu'a fait Audin, mais en mettant l'homme d'Etat au-dessus de l'artiste, au lieu de mettre l'artiste au-dessus de l'homme d'Etat.

Ce côté d'art qui attire *Audin*, ce côté extérieur et sentimental (les deux écueils de sa pensée) lui ont fait peindre en beau Luther, en beau Léon X, en beau Charles V et a énervé, en bien des points, une sévérité nécessaire.

Luther ni Hutten ne comprennent(?) rien à Jules II. L'erreur est la même dans les philosophes même religieux de ce temps. L'épée de Jules II a sauvé la nationalité italique. Il avait le droit de la manier comme prince temporel.

Ce n'est pas l'abus des indulgences, c'est son principe même que Luther attaque dans son premier sermon à Juttenborg, ville de la principauté de Magdebourg – dans ce sermon tout Luther, foi imprudente, moi appuyé sur la Bible, dédain pour la tradition, insolence envers l'école et son rire.

Vue juste d'Audin. Les moines durent avoir l'infériorité dans les disputes avec le précurseur de Luther – Hutten. Ils ne pouvaient parler à l'œil mais à l'intelligence. La peinture et ses reliefs saisissants interdits.

Ce qui déshonore le plus profondément Luther, c'est qu'il est un sycophante. Il dit le contraire de tout ce qu'il a dit sur toutes choses et jusqu'à la fin. 1er volume. Luther cité à Rome.

Le Pape pouvait excommunier Luther. Il préféra mettre à l'épreuve la sincérité des doctrines – pas un mot de blâme d'Audin – et nous en sommes pourtant arrivés à la mâle nécessité d'appeler les choses par leur nom.

Cependant le *Luther* comme le *Calvin* reprirent une orthodoxie – et le service rendu au catholicisme par ces deux publications est immense.

Elles ont porté à la Réforme un coup terrible. Bossuet avait donné le coup d'épée de Godefroy de Bouillon qui fend l'homme jusqu'aux hanches. Mais Bossuet, homme de sommet, resta sur sa hauteur dans son histoire. Populaire pour les théologiens et parmi eux, il ne l'est pas pour la populace de la lecture. C'est pour cette masse qu'Audin a écrit. Il a voulu lui montrer Luther tout entier. Non seulement le Luther de la Wartburg et de Worms, mais le Luther en famille, le Luther du coin du feu, du cabaret. Après le tableau d'histoire, il a retourné la toile et nous a peint un tableau d'intérieur et de genre. Il n'a pas fait seulement de l'histoire mais de la biographie.

Dire ce que c'est que la biographie, – de quand elle existe, – pourquoi elle est née –

et établir que M. Audin est un des premiers (France et Angleterre), s'il n'est le premier des biographes connus. – Avant la biographie, telle que les modernes l'ont conçue et réalisée, il y avait eu des efforts de ce genre historique. Vie de Bayard, d'Henri Quatre (qu'il ne faut pas confondre ni pour le ton ni pour le fond des choses avec des histoires particulières) mais ces *vies* ne se préoccupent que du côté public et non du côté intime des personnages qu'elles racontaient. La biographie a pris l'homme tout entier et l'a étudié comme l'histoire naturelle étudie un animal et une plante dans toutes ses manifestations et ses profondeurs. A part le talent de peintre qui est très grand, il y a dans le *Luther* un talent de polémiste.

Audin c'est un enfant de beaucoup d'esprit, mais c'est un enfant ! Il se prend trop à tout ce qui brille, et son imagination est trop bonne.

Le génie prend impartialement des flèches de partialité dans tous les carquois.

1674 Maric Alacoque

de 1670 à 1680 – Guyon

1674 Molinos

Hobbes, Spinoza, Molinos.

Deuxième cahier

Une femme disait de Pozzo di Borgo : « S'il m'en voulait, je le craindrais même après sa mort. Je croirais qu'il sortirait de son tombeau une vengeance. » *inédite.*

Toutes les grandes pensées préexistent. La *Divine comédie* est dans les Pouranas des Indes. *Roméo et Juliette* dans la nouvelle du Bandello. Les *Opera metallurgica* de Swedenborg contiennent tout le système de Buffon, avant Buffon !

(Monarchie) Quatorze siècles !

(République) Quatorze armées !

Ce fouet à quatorze lanières au bout desquelles il y avait une armée, – et une armée qui manœuvrait les canons matériels de l'Eglise arrachés à ses clochers, contre ceux qui avaient méprisé ses canons spirituels.

Le double célibat.

Triple vœu.

Obéissance	Révolte
Chasteté	Luxure
Pauvreté	Bien-être

Addison (disait Pope) ressemblait à ces monarques de Turquie qui ne croient jamais régner en sûreté que quand ils n'ont pas fait périr tous leurs frères, – parce qu'Addison faisait la satire de tous les livres qui paraissaient.

V. les *Lettres* de Milton. On trouve dans l'une d'elles ce passage sublime : « Si Dieu versa jamais un amour ferme de la beauté morale dans le sein de l'homme, il l'a versé dans le mien. Quelque part que je rencontre un homme méprisant la fausse estime du vulgaire, osant aspirer par ses sentiments, son langage et sa conduite à ce que la haute sagesse des âges nous a enseigné de plus excellent, je m'unis à cet homme par une sorte d'attachement nécessaire. Il n'y a pas de puissance dans le ciel ou sur la terre qui puisse m'empêcher de contempler avec respect et tendresse ceux qui ont atteint le sommet de la dignité et de la vertu. »

Comme beaucoup de *saints*, Bossuet préparait ses sermons à genoux – de même saint Charles Borromée.

L'homme, le plus sublime dans sa vie privée, est peut-être Milton. *L'homme à l'habit gris*, portant sur son front vieilli les traces de cette beauté de soleil couchant qui faisait arrêter des Italiennes, pendant que jeune homme, il s'endormait comme l'écolier de la fable et écrivait sur elles, sur ses tablettes :

Occhi, stelle mortali
Ministre de miei mali
Si chiusi m'uccidete
Aperti che farete[1] ?

et retiré de la politique, de la splendeur de Cromwell, cette lumière éteinte, tombée sur lui et enfin

1. Ô yeux, étoiles mortelles
Ambassadeurs de mes maux,
Si, fermés, vous me tuez,
Que ferez-vous, ouverts ?

Contrairement à ce que Barbey suggère, ces vers ne sont pas de Milton, mais de Jean-Baptiste Guarini (1527-1612), le poète du *Pastor Fido.* Barbey utilisera ces vers (à l'exception du second) lorsqu'il évoquera à nouveau Milton dans l'article du *Pays*, en date du décembre 1860, repris dans *Littérature étrangère*, Lemerre, 1891, p. 18 : « … et Milton, avec ses yeux devenus deux trous d'ombre sous son front blanchi, est plus jeune certainement pour créer et chanter son Eve que quand l'Italienne qui passait s'arrêta pour le voir, dormant sur le gazon, plus beau, aux rayons du soleil, que l'Endymion antique aux molles lueurs de la lune, et qu'elle lui laissa les vers charmants écrits sur ses tablettes : *Occhi, stelle mortali, si chuisi m'uccidite, aperti, che farete* ? "Yeux, étoiles mortelles, si fermés vous me tuez, ouverts, que feriez-vous ?" »

de l'autre lumière, la lumière de Dieu ; assis, calme, auguste et divin aveugle, sur une pierre au seuil de sa porte, – allant de ce seuil à son orgue, dont il jouait, se faisant lire la Bible en hébreu par ses filles et roulant, sous l'arcade pure et fière de son front, ces rêveries qui devaient être le *Paradis perdu*, tout cela est beau comme les bras croisés de Bonaparte dans une bataille... Oh ! le calme, le calme, c'est une minute de divinité !... C'était lui (Milton) qui disait de lui-même : Dieu me regarde avec plus de tendresse et de compassion, parce que je ne puis voir que lui.

Il disait encore : « C'est l'ombre des ailes de Dieu qui produisent en moi ces ténèbres. »

Pensées qui ont un sexe.

I.

Une femme est toujours humiliée du mépris qu'on montre pour son sexe. Elle souffrirait peut-être moins d'une accusation personnelle, car elle aurait l'espérance de se justifier.

II.

Les gens personnels n'ont jamais l'esprit profond. Pour creuser un sujet, il faut se perdre trop longtemps de vue.

III.

Ceux qui prêtent de l'esprit à ceux qui parlent sont comme ces grands seigneurs qui donnent de l'argent pour jouer avec eux.

IV

La parole ne peut atteindre à toutes les nuances qui sont aperçues par les consciences timorées, par les âmes susceptibles de remords.

V

On ajuste mieux une méchanceté dans le blâme éclatant d'une innocence. Ceux qui tirent de l'arc aiment à prendre pour but une colombe. C'est bien plus facile à toucher !

VI

Que de gens auraient peur... s'ils osaient ! disait l'abbé Galliani.

VII

La mélancolie est la convalescence de la douleur.

VIII

On n'arrive au calme que par le désespoir. (Dubucq [1].)

Il y a un Monsieur Dubucq que Mme Necker cite toujours. Qu'est-ce que c'est que M. Dubucq ? (voir la *Biographie*).

Je trouve dans les lettres de Mme Du Deffand le nom de M. Dubucq, entouré, aussi, d'un haut respect intellectuel : ce M. Dubucq (y est-il dit, en note) était le premier commis de la Marine sous M. de Praslin, – « *et il jouissait de la réputation d'un homme à grands talents, et d'une rigoureuse probité* [2] ».

IX

Les Français traitent les femmes comme les Egyptiens les légumes ; ils les adorent et cependant ils envient le sort des peuples qui les foulent aux pieds.

X

Mme de Staël disait de Paris : j'y compte mes printemps par mes hivers.

---

1. Jean-Baptiste Du Buc (1717-1795), économiste, ami de Choiseul ; il fut célèbre pour le charme de sa conversation et ses mots d'esprit, et il est effectivement souvent cité dans les *Mémoires* de madame Necker.

2. *Correspondance complète de la Marquise du Deffand*, Paris, Plon, 1865, t. 2, p. 306.

XI

La coupe de Circé est l'image des reproches. Ils ôtent le sentiment à ceux à qui on les adresse.

XII

Les femmes ne peuvent comprendre les mots collectifs.

XIII.

Mme Geoffrin disait que M. de Richelieu et l'abbé de Voisenon n'étaient que des épluchures des grands vices.

XIV

Clive [1] était laid et calme, – la main passée sur une de ses jambes, mise en croix sur l'autre. Tranquille mais comme le lion. Si on le touchait, il se mettait à rugir.

XV

Un caractère est toujours simple quand une seule chose l'intéresse.

---

1. Lord Clive (1752-1774). Dans le premier chapitre du *Chevalier Destouches*, le baron de Fierdrap est comparé à Lord Clive : « … le baron de Fierdrap, Hylas de Fierdrap, était assis, les jambes croisées, une main sous sa cuisse, comme le grand lord Clive… » *Œuvres romanesques complètes*, Gallimard, bibliothèque de la Pléiade, Paris, 1964, t. 1, p. 752.

XVI

Il est une manière de trahir notre secret qui justifie notre confiance.

XVII

La mort est une promotion. (Dubucq)

XVIII

Les grandes places sont comme les rochers escarpés où les aigles et les reptiles peuvent seuls parvenir.

XIX

Diderot est affecté dès qu'il se modère, il est naturel dès qu'il est exagéré.

XX

Les hommes dont la vie se passe à chercher de quoi subsister sont aussi peu instruits (dit Leibniz) de ce qui se passe dans le monde qu'un cheval de somme qui va toujours par le même chemin peut devenir habile dans la carte d'un pays.

Nicolas Taurellus[1] a publié en 1604 un traité *De Eternitate Rerum*. Leibniz en dit beaucoup de bien. Théologien, jurisconsulte. L'appelle le Scaliger allemand.
Heautontimerumenos

Lemontey[2] p. mon *Dubois* et pour mon *Alberoni*.

Un peu de corruption donne du crédit aux femmes, et beaucoup de corruption le leur ôte.

II

Lemontey est contre les cours de justice : « Espèces de creusets brûlants où des classes d'hommes sont jetées pêle-mêle. » Cependant « la sûreté naturelle de Sully s'en accommoda, Richelieu alla plus loin, il prescrivit le retour des chambres de justice tous les 10 ans, menace *extravagante* (c'est Lemontey qui parle) qui ne permettait désormais le maniement des deniers publics qu'à des aventuriers, et qui suffirait à prouver combien le Cardinal, si

1. Nicolas Taurell(1547-1606), médecin et philosophe allemand.
2. Pierre Lemontey (1762-1826), historien ; son *Histoire de la Régence* en 2 vol. date de 1832.

habile à opprimer, était dépourvu de tout esprit administratif. Colbert y toucha une fois au début de sa carrière et il n'y revint plus... »

Oui, mais il eut les traitants !

III

C'est le Cardinal d'Ossat [1] qui, dans sa longue prévoyance avait appelé les princes de Sardaigne, « *Les louveteaux de la Savoie.* »

IV

Grêle, perruque blonde, figure effrontée de renard, 60 ans, santé ruinée.

Une médiocre *réputation telle que l'envie n'aurait pu y ajouter.* Brave à la guerre où il n'avait jamais quitté le duc d'Orléans, et allant au feu comme lui, capacité scientifique, esprit original et à saillies, vaste littérature, honteuses complaisances, constance de vues, et force de jugement supérieur.

Par une marche opposée aux fortunes ordinaires, les vices le soutinrent dans les rangs moyens et les talents le portèrent aux plus élevés.

---

1. Arnaud d'Ossat (1536-1604), cardinal et diplomate ; il fut l'un des artisans de la réconciliation d'Henri IV avec le pape.

V

Bizarre époque que le XVIIIe siècle ! On rencontrait en Espagne un gouvernement italien

un allemand, en Angleterre,
un russe, en Pologne,
un espagnol, en Allemagne,
un autrichien, en Italie,
un anglais, au Portugal,
et en Russie, tout, excepté un gouvernement russe.

VI

Triple Alliance (*Lire la correspondance*) Si des sots ont quelquefois jugé du sort du monde, on ne fera pas ce reproche à cette rencontre dans une taverne hollandaise qui changea pour trente ans la face politique de l'Europe. Le traité de La Haye fut signé le 4 janvier 1717.

VII

Alberoni. – Une stature courte et ronde, une tête énorme, visage d'une largeur démesurée, premier aspect grotesque.

Mais il s'animait, alors noblesse de regard, éclat d'éloquence, son enchanteur de la voix ! Né pour les voluptés et doué d'une âme franche et gaie et indulgente, n'eût connu que des amis dans son simple presbytère, mais sous les lambris espagnols, cardinal, solitaire

farouche et défiant, travaillant 18 heures par jour, il en dormait trois et ne faisait qu'un seul repas d'une frugalité de cénobite.

Voir ses *Lettres*, – écrites toutes de sa main et avec une grande rapidité, – aime à citer Tacite et Tibère ; – la langue italienne s'affermit sous sa plume et s'image avec originalité, – s'y souille aussi quelquefois d'un certain cynisme d'expression, trop goûté au-delà des Alpes. Les Grands l'ont méprisé à cause de sa naissance. Lui les a foulés aux pieds à cause de leur bassesse. Cependant je ne sais quoi de trivial et de médiocre, soit dans le bien soit dans le mal, retint invinciblement ce favori au-dessous de la sphère des grands politiques.

Il se venge, – mais sans détruire. Il ne sait tromper que par des mensonges. Son goût pour les choses neuves et hardies ne va jamais jusqu'à l'amour de la gloire. Il a l'insolence de sa fortune sans en avoir le génie et les revers doivent le perdre sans que les succès puissent l'honorer (jugement *antithétique* plus que vrai).

« Tout est si incertain dans les affaires du monde que dans une foule de cas il faut s'abandonner à la Providence ». Mot d'Alberoni, que *Lemontey* donne comme une preuve de sa légèreté.

« Le plus léger des deux n'est pas celui qu'*il* pense. »

« Le plan d'Alberoni était selon Duclos de sauver l'honneur du roi d'Espagne, de maintenir le repos de l'Italie, d'assurer aux fils de la reine d'Espagne les successions de Toscane et de Parme et d'obtenir pour le roi d'Espagne Naples, la Sicile et les ports de Toscane, de diviser l'Etat de Mantoue en donnant la ville et une partie du Mantouan aux Vénitiens, l'autre partie au duc de Guestale, le Milanais entier et le Montferrat à l'Empereur, la Sardaigne au roi Victor pour le dédommager de la Sicile, restituer Commachio au pape, partager les Pays-Bas catholiques entre la France et la Hollande. »

« Comme négociateur, dit Duclos, Alberoni mettait dans ses démarches une hauteur qui n'était pas d'une âme commune. Dans ses manifestations il ne traitait l'empereur que d'Archiduc. »

VIII

« Un habile homme doit toujours avoir [...] dans deux souliers », disait le duc Amédée de Savoie.

IX

[?] vint à Paris, donna trois conseils au duc d'Orléans d'autant plus remarquables qu'ils furent exactement suivis. 1° de pensionner secrètement le fils de Jacques II, comme une ressource contre l'Angleterre. 2° de se réconcilier, bien ou mal, avec les Jésuites. 3° de marier une de ses filles à l'héritier de la couronne d'Espagne.

Ce n'était pas une tête vulgaire que celle qui savait ainsi *en peu de mots* marquer au Régent tous ses buts de carrière politique.

Les maisons de Medicis et de Farnese venant à s'éteindre, les enfants de la reine héritiers de ces deux maisons y succédèrent. Il comptait chasser à la fin d'Italie tous les Allemands.

Dans les *Mémoires* de *Hénaut* [1] : rien d'important sur Dubois.

X

La petite ville de Sestri fut son refuge et sa prison. La princesse des Ursins faillit mourir de joie en apprenant sa disgrâce.

XI

Le chapeau de Dubois coûta environ 8 millions à la France. Celui du frère du cardinal Mazarin en avait coûté douze.

---

1. Charles Jean-François Hénault (1685-1770), souvent désigné sous le nom de « président Hénault ». Ses *Mémoires* n'ont paru qu'en 1855.

XII

Une fois, le cardinal Dubois devint *Stuartiste*, – sapa le plus qu'il put les libertés de l'Eglise gallicane. « Et le temps seul lui manqua, dit Lemontey, pour livrer l'autorité civile à l'action des pouvoirs religieux. » (voir le mémoire de Dubois pour le pape adressé à l'abbé de Toncin le 25 juin 1723.)

XIII

La santé de Louis XV enfant était faible. Dubois avait établi son système de gouvernement, réglant la politique étrangère pour le cas où le roi mourrait, et toute l'administration intérieure pour le cas contraire ! Sagesse admirable…

XIV

Dubois aspira, comme tous les grands ministres, à l'égalité des impositions. Et il eut le projet d'arriver par un détour à l'avalisation des terres par un travail des ponts et chaussées.

Montluc se vantait de convertir le Languedoc avec […]

Penser à lire la *Théorie des lois civiles*, de Linguet [1].

1. Simon-Nicolas-Henri Linguet (1736-1794), avocat et publiciste ;

« Journal de politique et de littérature », fondé par Linguet 1774

« Les annales politiques ».

Mem. chez Amyot, les *Etudes diplomatiques et littéraires* de M. de St Priest [1]. Dupleix [2]. et Lally

V. L'article sur Hastings de Macaulay.

Esquisses de l'Indoustan de Mistress Roberts.

Vous me haïssez sans doute, – disait Pitt au chancelier Thurlow [3], – parce que j'ai soutenu l'opposition dans son *impeachment* contre M. Hastings. – « Je ne prostitue pas, – répondit Thurlow, – une aussi belle passion que la haine pour un acte qui ne mérite que le mépris ».

---

ses *Théories des lois civiles* parurent en trois volumes en 1767 ; il y faisait l'apologie du despotisme et de la servitude.

1. Alexis Guignard, comte de Saint-Priest (1805-1851), diplomate et historien ; ses *Etudes diplomatiques et littéraires* ont été publiées en deux volumes en 1850.

2. Scipion Dupleix (1569-1661), linguiste et historien ; on lui doit en particulier un ouvrage dans lequel il s'oppose à Vaugelas sur la question de la langue du XVIe siècle : *Liberté de la langue française dans sa pureté*, 1651.

3. Edward Thurlow (1732-1806), il fut nommé chancelier par le roi George III en 1778.

Mallet Du Pan.

Mallet Du Pan voulait l'égalité civile.

Le Prince d'Orange ne fit pas pendre le patron hollandais qui, surpris à transporter des munitions aux Espagnols, dit à ce grand homme : « S'il y avait un commerce lucratif avec l'enfer, je me hazarderais à y brûler mes voiles. »

Il pensait comme Bacon que tout est si bien lié dans l'ordre politique, que la moindre nouveauté ne tiendrait jamais au tissu comme le fait une partie usée. Toute transposition du pouvoir est inappréciable dans ses effets, dit-il ; contentons-nous de le régler par des institutions douces.

Méprise la métaphysique, – est profondément historique, – juge de très haut Grotius dans sa partie théorique – pour Mallet Du Pan le droit des gens n'est autre chose qu'un système de faits et de coutumes – repousse le droit naturel, etc.

Ennemi des Economistes, – Encyclopédistes, etc.

Ce fut le cardinal Dubois qui recueillit tout l'honneur de la double alliance : le double mariage fait entre les maisons de France et d'Espagne ;

l'union de louis XV et de l'infante, de Mlle de Montpensier et du prince des Asturies. Elle était agréable à toute la France ; elle fut proclamée un chef-d'œuvre de politique. Le *cardinal* n'était pas encore revenu de sa stupeur que toute la cour rendait hommage à sa profondeur de vues. (V. Sevelinges [1]) 1731.

XV

Il consulta Ravila (voir sa lettre du 27 janvier 1719). Choix (dit Lemontey) qui annonçait dans celui qui le faisait une âme vigoureuse.

XVI

Il avait 6 abbayes. Richelieu en avait eu 20. Mazarin 22. Il eut l'idée de destituer le chancelier, le faible d'Aguesseau. V. la lettre de M. d'Harcourt de Longueville à Dubois. 7 janvier 1723.

XVII

Il mourut d'ambition. Il y eut des ministres, des favoris, un complot contre lui (duc de Chartres, de Molé, le marquis de La Fare, Mme Du Deffand) dont le plan fut de lui renvoyer toutes les affaires sans exception et de le laisser périr sous le faix amassé par

---

1. Charles Louis de Sevelinges (1767-1832) ; ses *Mémoires inédits du cardinal Dubois*, 2 vol. ont paru en 1814.

lui-même. Accablé de travaux, il succomba, malade d'un abcès au col de la vessie qu'il avait ressenti en 1716 dans son voyage en Hollande. De ce moment, sa vie fort dissolue était devenue fort chaste. Telle la vérité, qu'il ne faut pas chercher dans les libelles du temps.

XVIII

A sa mort, les actions de la compagnie des Indes baissèrent de 300 francs.

XIX

.... Le premier fils de Philippe V était ce que les impudents appellent *un roi nourri au chocolat.*

... figure étrange et d'un flegme silencieux. Ne vécut pas. V. les *Lettres* de M. de Tessé [1] à M. le duc.

Le Maréchal de Créquy disait au père de Mouchy, son confesseur : « Ah! mon père, je vois bien qu'il faut que je me jette à bride abattue dans les ténèbres de la Providence. »

---

1. René de Froulai, comte de Tessé (1651-1725), maréchal de France, protégé de Louvois. Ses *Lettres* ont été publiées en 1806.

Dubois emporta au tombeau (dit Lemontey) une inflexible économie.

Améliorer les routes. La première chaussée pavée fut celle de Paris à Reims pour le sacre (p. ordre de Dubois) et il jeta les fondements de l'Ecole des Ponts et Chaussées.

La vue de cet homme était grande.

Voici un jugement de la Providence – dit ce Lemontey qui y croyait si peu :

M. le Régent acheta le diamant de Pitt auquel son nom resta attaché ; il fonda dans la Louisiane la Nouvelle-Orléans, il occupa l'Ile de France et fit de cet écueil un port et une colonie. L'Ile-de-France est aux Anglais, la Nouvelle-Orléans aux Américains, mais nous avons gardé le diamant.

C'est Walter Scott qui dit que le cèdre du Liban soulève ses branches pour se débarrasser de la neige que l'hiver fait pleuvoir sur lui.

V.M.A[1]. sur le Ramâyana... L'Inde – pays de l'hyperbole gigantesque,

Dans son seul âge d'or, 32 générations de Patriarches de 100 mille ans. Il n'y a point d'histoire humaine qui ne s'arrête à une époque où l'Inde florissante jouissait de tout le superflu de la société perfectionnée. Il y a plus, quand les Grecs visitèrent ces climats, il y a 20 ou 25 siècles, ils y trouvèrent déjà les ruines du monde ancien. Il n'y avait que des débris et d'habité que des tombeaux.

H. Walpole disait qu'il était modeste ! par excès d'ambition.

Cette adorable ennuyée qui n'ennuie jamais, Mme Du Deffand disait : « Apprendre à ne pas s'ennuyer, si quelqu'un a cette recette, je lui aurai plus d'obligation de me la donner que s'il me donnait deux yeux et qu'il m'ôtait 40 ans. » C'est elle qui disait encore :

« Les hommes sont bien différents des statues ; la distance de celles-ci les rapetisse, et c'est l'approche des autres qui les réduit à presque rien. »

---

1. Très probablement Abraham Hyacinthe Anquetil-Duperron (1731-1805), célèbre orientaliste, auteur de plusieurs ouvages sur l'Inde.

Nodier – Pourquoi ne réimprime-t-on pas ses travaux de critique. Je viens de lire les 2 volumes, publiés en 1820 – par Barginet de Grenoble – c'est exquis d'ironie et de finesse dans le bon sens :

Il est remarquable (dit Nodier) que les lois qui restent fondamentales et invariables dans toutes les législations humaines aient été écrites par des *barbares* et que les lois faites par les sociétés qui se renouvellent soient presque toutes impraticables et absurdes ; qui croirait qu'à l'époque où les admirables lois des XII tables furent recueillies, la lettre R n'existait pas dans l'abécédaire romain. On n'écrivait [...] ou *Doma*. Tout ce qu'il y a de bon dans l'Etat social a été reconnu et pensé dans les premiers âges.

Grands conspirateurs
Politiques déliés — Grands trompeurs de femmes !
Grands diplomates

Il n'y a peut-être dans l'histoire qu'un seul Tartuffe de 18 ans. C'est le cardinal de Retz (jouant l'ecclésiastique *rangé* pour enlever Mlle de Retz). Quand Don Juan fait le dévot, il est vieux. L'hypocrisie est la maturité du vice. Un romancier qui ferait un Tartuffe de 18 ans serait sifflé. Sifflez donc l'histoire et la nature, la riche, inattendue et exceptionnelle Nature !

« Ce n'est pas le *non-savoir* qui perd les peuples, c'est le *mal-savoir* ». (Ch. Nodier)

Mme de la Popelinière [1] s'était fait peindre en Hébé. Mlle Arnould engagea M. de la Popelinière à se faire peindre en hébété.

Une nouvelle épopée est le résultat du renouvellement de toute une société (un système social) avec toutes ses opinions et toutes ses mœurs. Une épopée sur une histoire usée qui a fatigué la plume de fer des *analystes* est la conception la plus fausse qu'on puisse imaginer. C.N.

Le XVIIIe siècle, si *philanthropique* et si *libéral*, a commencé par Charles XII et a fini par Bonaparte.

---

1. Mme de la Poupelinière, épouse du fermier général célèbre pour ses largesses aux beaux esprits et aux artistes ; elle cultivait les lettres et on lui doit notamment un *Extrait du système de Rameau* et une *Histoire de la succession d'Espagne.*

Dans les belles époques des peuples, c'est par leur imagination que les hommes jouissent de l'existence sociale. C.N.

Les hommes en société sont si peu faits pour les choses positives qu'ils ne s'attachent à la recherche de la vérité-même que jusqu'au point où cette découverte cesse d'intéresser l'imagination.

Dans une tragédie de Schiller, un héros désabusé qui ne vit plus que de souvenirs se ranime au bruit du cor éloigné, cette harmonie le *reberce* dans les songes de sa gloire… Presque toutes les nations européennes en sont au même point que ce guerrier. Elles ont besoin d'entendre les chants de leur jeunesse, de secouer la poudre du tamis et de se *rebercer* aussi dans les songes de leur bonheur. C.N.

Quand le génie des peuples est éteint, il arrive des hommes qui récoltent de petits faits, qui compilent de petites découvertes, qui analysent difficilement de petites inutilités et qui composent des misérables rognures qu'ils ont ramassées sur la trace des siècles, ce qu'on appelle des systèmes et des méthodes. On se fait, en place de sensibilité, en place de goût, une mémoire alphabétique ou synoptique qui est l'esprit des sots et le savoir des ignorants. C.N.

Princesse des Ursins.
(St-Simon, voir le 5e volume).

1712. L'Espagne avait ses titans… la princesse des Ursins en 1712 se fit donner l'ordre du roi aux Grands d'Espagne de la traiter d'*Altesse*. Elle fit cette année-là un voyage à Bagnerre pour une enflure au genou, et y fut accompagnée d'un détachement des gardes du corps du roi d'Espagne. A Utrecht, dit St-Simon, la souveraineté de Mme des Ursins contribua à la paix d'Espagne. Le baron de Capres s'y déshonora, mais lui fit donner la toison, puis la grandesse puis la compagnie vallonne des gardes du corps. 1713

Princesse des Ursins
Lettres de Mme de Maintenon

On sait à Paris le déchaînement que l'on a contre moi fondé sur la prison de Flotte et Renaud (*quid*?) mais je demeurerai comme je suis, observant un silence profond…

1709 – annonce au roi et à la reine qu'elle se retire. On voit en elle l'influence française.

Une lettre anonime dans laquelle on prévient Mme des Ursins qu'un projet du duc d'Orléans (*quid?*) découvert par Mme des Urs. a pour auteur la maîtresse du duc, furieuse de n'être pas dame d'atour de la reine d'Espagne. Août 1709.

Elle servait la reine à table. La reine, la savoyarde, lisait les dépêches et donnait beaucoup d'audiences. (V. le détail). Conférait quotidiennement avec les secrétaires du *Dispacho*.

Vie sérieuse. Couchée à dix heures. Le roi fait campagne. Mme des Ursins ajoute « ses nuits ne sont pas aussi tranquilles que je le voudrais » (*Quid?*).

Le comte de Berheist écrit beaucoup à la princesse contre l'influence et le personnel français et l'engage à se retirer.

Liaison avec Amelot [1] et Orry [2] (Orry dont elle fait une estime immense). Pontchartrain regardant comme une calamité publique le rappel d'Amelot.

Misère curieuse : en Espagne on ne payait personne. Tout y était d'un prix fou. Pour trois ans de pension (60 000 livres), prix de sa pension, n'avait reçu de France que 5 000 francs ; prie Mme de Maintenon de faire parler à Desmarets.

Dernière démarche pour le mariage avec la Parmesane. 20 juin : lettre au cardinal Aquaviva.

(ST-SIMON)

(1706). Mme des Ursins, retournée avec la reine à Madrid profita de l'occasion de soulager le palais de 300 femmes qui avaient refusé de la suivre, et attachées à l'archiduc. Tel fut l'étrange succès du siège mal entrepris de Barcelone, etc...

---

1. Abraham Nicolas Amelot de la Houssaye (1634-1706) ; ses *Mémoires historiques* ont paru en 1722.

2. Jean Orry, seigneur de Vignori (1651-1719) ; Philippe V le nomma surintendant de ses armées en 1713 mais deux ans plus tard Louis XIV le rappela en France.

Intimité de […] la *compromettant*, (Mme la duchesse de Bourgogne) avec Mme des Ursins. Les secrets que Maulevrier rapportait d'Espagne, ceux qu'ils s'étaient confiés à Toulouse les lièrent étroitement. Maulevrier s'en fit une clef de la chambre de Mme de Maintenon, curieuse de l'Espagne, et qui espérait tout gouverner par Mme des Ursins.

St Simon très opposé à Orig; dont Mme des Ursins, elle, dit beaucoup de bien. Un menteur, dit-il, et un grossier, méprisé de Berwick – un faiseur de gambades; avec sa conduite, tout périssait, excepté sa Bourse.

Ne pas oublier en 1711, Noailles d'Aguilar voulut une maîtresse au roi, qui le dit à sa femme et à M. des Ursins.

II Princesse des Ursins. – La Trémoille de nom; (Anne-Marie) veuve de Talleyrand prince de Chalais – en secondes noces femme de Brasciano, de la maison des Ursins dont veuve en 1798. Le duché de Brasciano fut vendu pour payer les dettes de la maison des Ursins dont elle prit le nom.

Dame d'honneur de la 1re femme de Philippe V, fille du duc de Savoie, Victor Amédée. [Victor Amédée disait : *J'aurai le Milanais pièce à pièce comme on mange un artichaut.* (Lire la correspondance de Bolingbroke)] – favorite, – maîtresse absolue, – appuyée par la France, soutenue par Mme de Maintenon. Mme de Maintenon voulait savoir par elle tout ce qui se passait à la cour d'Espagne. Torcy n'ayant pas voulu communiquer ses lettres à la célèbre marquise, Mme des Ursins intercepta une dépêche que l'abbé d'Estrées (l'ambassadeur) envoyait au roi et dans laquelle il disait que Mme des Ursins exerçait l'empire le plus despotique sur tout le monde excepté sur Boutrot d'Aubigny son intendant, avec lequel on la croyait mariée, et avec lequel elle couchait. La princesse écrivait fièrement et lyriquement à la marquise : *pour mari, là, Non!* Le roi renvoya la lettre à Philippe V en exigeant de chasser Mme des Ursins. Louis XIV fut plus puissant qu'elle. Exilée de la cour d'Espagne, repoussée de France, M^{me}des Ursins resta à Toulouse. Tout le monde souffrit de cet exil. Mme de Maintenon et Philippe V. Aussi reparut-elle à Madrid avec plus d'éclat que jamais. Dans un voyage qu'elle fit à Bagnères, elle avait toute une compagnie de gardes du corps. Mais D'Aubigny était toujours son maître. Il avait compris la grande dame. Plus on est grande dame, plus il faut humilier.

Le sacrifice qu'on avait fait d'elle à Louis XIV donna à la princesse des Ursins l'idée de se créer une principauté indépendante. Elle jeta (Duclos) ses vues sur le canton et la ville de La-Roche en Ardennes, *Rapes* Ardennae…

V. Les *Mémoires* de Louville [1]. Il disait de Mme des Ursins, *elle avait des mœurs à l'escarpolette.*

Ste-Beuve dit que la catastrophe de Mme des Ursins est la plus dramatique et la plus inexpliquée de l'histoire.

Elle engagea le roi d'Espagne qui ne savait rien lui refuser à faire de cet article une des conditions du traité d'Utrecht. Elle avait un projet, c'était de proposer dans la suite au roi de la faire jouir des droits de souveraineté en Touraine en échange de La Roche. Elle voulait Aigues dans sa patrie. D'Aubigny fut chargé de choisir près de Tours un terrain propre à la construction d'un château. Le château nommé Chanteloup resta à D'Aubigny pour prix de ses services. Il se maria après la mort de sa maîtresse et mourut en 1733, laissant une fille unique très riche qui épousa le marquis d'Armentières-Conflans.

Aux conférences d'Utrecht la princesse des Ursins (le croirait-on ?) avait son plénipotentiaire, un homme de naissance, le baron Capres-Bournonville.

Mme de Maintenon qui sentait l'ambition de la fa-

1. Charles-Auguste d'Allonville, marquis de Louville (1668-1731) ; précepteur du duc d'Anjou (futur Philippe V d'Espagne) ; ses *Mémoires secrets sur l'établissement de la Maison de Bourbon en Espagne* ont paru en 2 volumes en 1818.

vorite et son désir de briser tous les mords qu'elle blanchissait de l'écume de son orgueil, lui fit payer son désir de *paraître* ce qu'elle, Mme de Maintenon, n'était pas. Mme des Ursins échoua donc à Utrecht.

La reine d'Espagne mourut de scrophules. 1717. On crut un instant que Mme des Ursins épouserait Philippe V. Sans le jésuite Robinet, elle l'épousait.

Voyant que c'était impossible, elle jeta les yeux sur une reine qu'elle pût dominer. Elisabeth Farnese, nièce du duc de Parme. Liaison à cette époque avec l'abbé Jules Alberoni, agent du Duc de Parme à Madrid.

La princesse avait de l'esprit et du caractère sur lesquels on n'avait pas compté, – de l'ambition autant que Mme des Ursins elle-même ; mieux informée, la princesse des Ursins voulut suspendre tout, mais elle eut à faire à forte partie… Son courrier arriva à Parme (16 août) le jour que le mariage allait être célébré par le cardinal…

Sainte-Beuve dit : Type de femme politique – distingué – mais *incomplet*, *agité*, *fastueux* et *vain*.

Politiquement la met bien au-dessus de Mme de Maintenon.

Selon St-Simon Mme des Ursins était une *ambitieuse*. Sot reproche ! Une avare (vérifier).

Dans l'affaire de Flotte et Renaud [1], St-Simon (7e volume) condamne M. le duc d'Orléans – battu à bon droit par Mme des Ursins dans cette intrigue.

Toute la politique de la Farnese (une fois reine d'Espagne) fut d'assurer la reversion de la couronne de France aux enfants qu'elle aurait de Philippe V.

Charmante chose que cette triste chose !
(épitaphe de Scarron pour lui-même) :

Celui qui cy maintenant dort
Fit plus de pitié que d'envie
Et souffrit mille fois la mort
Avant que de perdre la vie.
Passant ne fais ici de bruit
Et garde bien qu'il ne s'éveille
Car voilà la première nuit
Où le pauvre Scarron sommeille !

---

1. Flotte était aide de camp du duc d'Orléans, et Renaut secrétaire de ce prince. L'« affaire » est longuement évoquée par Saint-Simon dans ses *Mémoires*, édition Chéruel, Hachette, 1865, tome V, p. 5 et suivantes.

Rois mangeurs de présents,
dit Hésiode
(*Les travaux et les jours.*)

A Mégare, après avoir accepté et chassé le tyran Théagène[1], la faction populaire devint furieuse. La *guerre aux riches* fut déclarée et on publia un décret qui forçait les créanciers à rendre les intérêts qu'ils avaient reçus. Cette singulière revendication s'appelait [...] répétition d'intérêts. Ainsi la guerre au capital est une réminiscence de l'ancienne démagogie grecque. (*Hist. des Législat. et des Const. grecques* par Lerminier.)

Solon, descendant de Codrus par son père et par sa mère, il était cousin de Pisistrate, avait été commerçant. Le commerce est tenu pour chose honorable dans la race ionienne. Thalès avait fait des spéculations heureuses. Platon vendait de l'huile... rapprochement ironique de l'Histoire ! Le divin Platon avait été... épicier !

Il y a un livre bizarre de Southey intitulé *The Doctor*, dans le genre de l'*Anatomie de la mélancolie* de Burton, – On y trouve ceci pour éclairer une pensée :

1. Beau-père de l'Athénien Cylon, il s'empara du pouvoir à Mégare vers 630.

On devient amoureux sans s'apercevoir qu'on l'est devenu. Vous vous trouvez pris et éperdu longtemps avant que la réflexion vous ait averti du danger. Je me souviens du voyageur Davys qui parcourait l'Amérique septentrionale et qui a publié sa narration sous le titre de *Quatre années et demie en Amérique*. Il se dirigeait vers une localité que les habitants avaient baptisée du nom singulier de *poêle à frire* (toutes les dénominations américaines sont bizarres). Après avoir marché qq temps, il rencontre un petit garçon de ferme auquel il demande de quel côté est la *poêle à frire*? « Parbleu, répond l'autre, vous y êtes dans la Poêle ! » On est amoureux comme cela. On se trouve dans la poêle à frire avant de s'en douter. – N'est-ce pas de la plus piquante bonhomie ?...

Tirso de Molina dit que les sympathies humaines sont la musique du sang : *La musica de la sangre.*

Daniel de Foe, homme immense – Il écrivit son *Robinson* à 60 ans, mais avant ce temps-là, quelle vie, quelle action et quels ouvrages ! Devancier de l'avenir en toute chose. Son livre intitulé *Essai sur des projets* pétrit la tête de *Franklin* qui le trouva obscur (il l'était) et moisi sur une des étagères paternelles et moula dans cette tête pensive la révolution d'Amérique. – Ses *Pamphlets politiques* sont le premier modèle de l'éloquence de Junius. Il fonda et écrivit seul en prison, la *première* revue inspirant par là plus tard le « Spectateur » d'Addison.

Le travail de M. Chasles sur cet écrivain est superbe de courroux vengeur et de piété de renseignement – grand écrivain, grand poète, artiste complet, il publia 133 ouvrages politiques sans compter sa *Revue.* Il ne faut pas croire qu'en fait de romans il ne publia qu'un chef-d'œuvre, son *Robinson.* Il en donna des égaux, mais qui le sait ? La gloire est quelquefois une [...] bête ignorante ! L'*Histoire de Moll Flanders,* les *Mémoires du capitaine Singleton,* la *Vie de Roxana,* l'*Histoire d'un cavalier,* le Colonel *Jack,* etc.

Colonel Singleton.

La vie y est si intense qu'on ne croit même plus à l'auteur.

Il serait curieux de comparer l'histoire de *la peste de Londres* en 1665 avec la *peste* de Machiavel. – Pourtant Defœ ne l'avait pas vue quand elle éclata, il avait 4 ans. Cela est si fort de *réalité* que des critiques et des médecins (le docteur Mead) l'ont regardée comme un document authentique.

Lire son *Histoire politique du Diable* et son *Essai sur les apparitions.* Publia aussi un poème satirique : *Jure divino.* Réimprimé 110 ans après sa publication, en 1821, il recommença le succès qu'il eut à son origine. Son *Histoire de l'Union* est un document impartial et écrit… comme il écrivait !

Sans *Robinson*, que serait ce grand homme ? Et encore *Robinson* a absorbé son nom dans le sien. Cette force inouïe de *réalité* qui est le *signe* de Defœ, s'est retournée contre lui. On ne crut pas d'abord à une fiction organisée par une tête énorme, c'était une histoire vraie.

M. Chasles finit son travail par ce résumé amer et cruellement consolant : « Les hommes d'Etat l'ont livré au bourreau, les sectaires l'ont persécuté, ses amis l'ont trahi, son fils l'a tué, ses rivaux (vaincus) l'ont noirci, les gens d'esprit l'ont raillé, les enfants le protégeront. »

On n'invente rien, mais on organise un petit fait ou une idée, en les développant, en les fécondant, en leur tirant la vie des entrailles. Defœ avait connu le matelot Selkirk qui avait vécu seul dans les bois de l'île de […] Fernandez. Il l'avait fait causer, voilà tout ! (en 1691)

Mais *Paul et Virginie* est le récit d'un naufrage réel. Virginie, ce *type* parfait d'une petite personne ! *Macbeth* est tout entier dans les chroniques de l'Ecosse ! *Claverhouse* et *Balfour* [1] aussi ! *La divine comédie* dans la vision du frère *Albéric* ! *Roméo et Juliette* dans Giraldi Cynthio ! et on n'aurait pas fini de citer ! Et toujours la réalité qui se moque !

Quant au gouvernement des états, je vois des cardinaux à la tête de presque tous les royaumes.

C'est en Espagne un Ximénes, sous Isabelle, qui après la mort de la reine est régent du royaume ;

Louis XII est gouverné par le cardinal d'Amboise.

François Ier a pour ministre le cardinal Duprat.

Henri VIII est soumis pendant vingt ans au cardinal Wolesey, fils d'un boucher.

Charles-Quint prit pour son ministre en Espagne, son précepteur, le cardinal Adrien, qui depuis fut pape.

Le cardinal Granvelle gouverna la Flandre.

Le cardinal Martinusius [2] fut maître en Hongrie sous Ferdinand, frère de Charles Quint.

Si les ecclésiastiques ont régi tant d'états militaires, c'est qu'ils étaient plus expérimentés, plus propres aux affaires que les généraux et les courtisans.

---

1. Ces deux personnages historiques apparaissent dans le roman de Walter Scott *Old Mortality*.

2. Georges Martinuzzi (c. 1482-1551), cardinal et homme d'E tat.

Croirait-on que cette remarque est de Voltaire. Il a vu le fait – et comment ne l'aurait-il pas vu ? Il *déborde* l'histoire – mais la raison du fait (?) il ne la voit pas, car sur certains points le diable est myope... ce qui dégoûte les esprits profonds de l'impiété, c'est qu'elle est toujours superbe.

Positivement, elle n'y voit pas.

Richelieu, Mazarin, Fleury, etc. etc...

Deux explications à donner de l'amour actuel de l'archéologie : le manque d'inspiration et l'ennui !

Italiens – V. les biographies : Lagrange, Rasori, Volta, Rossini, Bartholini, Galvani, Vigano, Beccaria, Cicognara, Canetto.

Mem. penser à lire les *Mémoire*s de la princesse Palatine. Les *Mémoi.* de la Margravine de Bayreuth.

La Saxe galante du Baron de Pœllnitz [1].

La vie d'Aurore de Kœnisgmark par Kramer.

Memoirs of the lady Stanhope. 3 volumes, London.

---

1. Charles Louis, baron de Pœllnitz (1692-1775), littérateur allemand dont l'ouvrage cité par Barbey est un plagiat de *La Princesse de Clèves* de Mme de La Fayette.

Comme c'est rare, le cœur des grands hommes qui n'aient jamais battu ! L'homme qui disait que l'Angleterre était sa maîtresse, Pitt, à l'infortunée physionomie, au nez en l'air pointant les nuages, au front haut mais étroit, comme s'il eût été pris dans une porte et son mur, à l'œil distrait, vide et *parti*, avait une passion profonde. Il aimait la fille de M. Eden. C'était une famille peu honorable. Sûr de ne pas être aimé, il ne la demanda point, – renonça au mariage, – et tomba (qui le savait pendant qu'il gérait les affaires ?) dans un *désespoir amer* !

I [1]

Voici une anecdote – bien française – qui m'a été contée par le héros. C'est F... sceptique, railleur, indolent, – mais gentilhomme.

---

1. Cette anecdote est à l'origine de la nouvelle des *Diaboliques* « Le Bonheur dans le crime » ; Barbey l'avait transcrite mot pour mot dans une lettre à Trebutien du 18 février 1854 ; elle lui avait été contée, dit-il, « il y a déjà quelque temps » par « F... » (le vicomte de Freissinet), « essentiellement une *nature* de *Dandy* »), et c'est pour lui donner un exemple de la façon dont peut se comporter un dandy que Barbey la rapporte à Trebutien : « ... cette anecdote de quelques lignes vous fera mieux connaître le personnage que tout ce que je pourrais ou bien vous dire ou ajouter ». Barbey d'Aurevilly, *Correspondance générale*, tome IV, Paris, Les Belles Lettres, 1984, p. 27.

Il était au jardin des Plantes avec sa cousine, Mlle de... qui a dix-huit ans. Ils se trouvaient devant la cage du lion, pour le moment tranquille et menaçant sur ses quatre pattes étendues. Mlle de... est de la race des Mathilde de La Mole, à ce qu'il paraît. Elle s'ennuyait. – Elle ôta son gant, et plongeant sa main dans la cage du roi des déserts, elle se mit à caresser sa crinière et sa terrible face, avec une langueur presque impertinente.

F. qui est froid comme un basilic, moulé dans la lymphe d'un Dandy anglais, se mit à ricaner et dit : quelle folie ! et pourtant il songeait que d'un seul coup, ce poignet aristocratique et fin, qui allait et venait sur le mufle du lion pouvait être coupé et disparaître dans le gouffre vivant de ce gosier.

— Eh bien !, dit-elle d'une voix légère et avec des yeux brillants de défi, – à votre tour maintenant !

Ma foi ! F. tout brave qu'il est, trouvait ce jeu-là parfaitement absurde, et il prétendit que ce qu'un lion souffre d'une femme, – par galanterie – il ne le souffrirait pas d'un homme, – d'un lion comme lui.

— Voilà donc un gentilhomme, – reprit Mlle de... – qui n'ose pas faire ce que fait une jeune fille de dix-huit ans !

Le mot était de ceux-là avec lesquels on ferait casser [toutes les figures] de gentilshommes. On n'a qu'à leur rappeler [ce qu'ils font].

F.... ôta son gant comme s'il allait entrer chez le

roi. Au fait, il y entrait ! Et il passa sa main partout où Mlle de… avait passé la sienne. Il paraît que ce lion, le Job des lions pour la patience, trouva que la main de F… (qui est très bien pourtant) différait trop de celle de Mlle de…

Il fronça le nez. – F… n'eut que le temps de retirer sa main très vite. Le parement de son habit était enlevé.

Si F… avait été à la mode, on eût dit de cet habit à mi-manche : *un F.* comme on dit, en Angleterre, un *spencer*.

II

L'Histoire de la royauté en Europe par St Priest,
Un penseur historique et un peintre
(beaucoup de talent)

Tome II.

A cette époque (au déclin des Mérovingiens) deux écoles seulement dans le monachisme, – règle de St Benoît et règle de St Basile, représenté par saint Colomban. – la règle de St Benoît n'est pas uniquement contemplative, mais active, sociale, civilisatrice. « Elle enseigna aux hommes non seulement l'espérance mais la pensée de St Benoît ouvrit une carrière, et Bazile n'avait montré qu'un port. »

C'est Simplicius [1], 3e abbé du Mont-Cassin qui a été le propagateur de la règle de St Benoît. *Lutans etiam regula ante Simplicium dici potest* [2] ! etc…

L'ambition de tous les monastères était d'échapper à la juridiction épiscopale. Brunehaut les multiplia…

Rien de beau, de poétique, d'étranger et en même temps puissant dans le sens politique du mot, comme la *Vie de St Colomban*. Colomban, moine de Bencher, cultivé mais d'une telle force d'inculture qu'elle passait à travers sa science et lui donnait un goût sauvage. Il était beau, « comme les anges du ciel ». Effrayé de sa beauté, il avait quitté le pays à la voix d'une vieille religieuse qui lui avait dit : « Crois-tu donc pouvoir éviter la séduction de la femme ? » Sa mère qui l'aimait s'était mise en travers de sa porte, couchée par terre pour l'empêcher de passer. Il sauta par-dessus sa mère ! passa en Gaule où sa parole se répandit comme un fleuve. Ce n'était plus

1. Mort c. 576, il est l'auteur de vers latins sur la règle de St Benoît.

2. On peut dire qu'avant Simplicius la règle [de St Benoît] n'était pas même propre.

l'éloquence gallo-romaine, mais l'éloquence des entrailles, l'éloquence éternelle, qui fit jaillir des monastères, du fond des terres les plus sauvages, charmant et farouche comme l'Hyppolite de Racine, (et cet Hyppolite des Cénobites chrétiens aimait les forêts, les eaux virginales, sombres, *boiseuses*, qui lui rappelaient sa Calédonie).

— Fonda Luxeuil. L'influence de Colomban fut surtout grande sur les Francs : j'entends « les Francs par excellence – dit St Priest – étrangers et hostiles aux traditions de Rome ».

Opposition de St Colomban et de Grégoire II. – Colomban était le passé, Grégoire l'avenir.

Colomban était : *l'orgueilleux sourcil de la Papauté.*

Pour M. de St Priest : « Brunehaut n'est ni l'épouse ni la mère de quelque chef d'obscure peuplade. Le reste de diadème qui jette encore une pâle clarté sur son front c'est un débris de la mitre babylonienne, ses traits portant l'empreinte effacée du profil de Samiramis. Brunehaut c'est la royauté asiatico-germanique à l'agonie. Couverte de cheveux blancs, sillonnée de rides, pauvre et nue, mais indomptable, on la torture longtemps sans qu'elle en meure, tant sa vieillesse est vigoureuse ! On la flagelle, on la promène à travers les risées d'une soldatesque parvenue, puis enfin, elle disparaît aux crins du coursier Fiédal. »

Après Clovis, le plus grand roi mérovingien est Dagobert. Il meurt à 33 ans. St Priest l'appelle un Charlemagne mérovingien.

Gesta Dagoberti, de Duchesne...

Le caractère inévitable de toute révolution préméditée est d'être comme un plagiat du passé. (St Pr.)

Deux actes contradictoires en apparence dominent la vie de Charles Martel. Il fut le défenseur et l'offenseur de la Croix, à Poitiers ? Il la sauva des infidèles. Dans le reste de la France il l'abattit. Aux hommes de Dieu il substitua des hommes d'armes.

B.K.R.

Ce que la critique nous apprend le plus, ce n'est pas le mépris des œuvres, c'est le mépris du public.

I

Si les bêtes pouvaient nous entendre, il y aurait un 24 février gigantesque.

II

Les bêtes ne sont pas sottes, elles ne peuvent qu'être bêtes. – C'est la différence avec les utopistes au détriment de ces derniers.

III

Nés du Kosmos, pour aller au Cosmos en passant sur le Kosmos, à quoi bon organiser autre chose que notre cimetière ?

IV

Il serait facile de prouver que nous nous dégradons au-dessous de la bête, que cet excès manifeste encore notre supériorité, ne fût-ce que dans la dépravation et qu'un porc, agité du rut à chaque renouvellement d'équinoxe faisant sincèrement son œuvre avec sa belle, pourrait nous attaquer en réparation d'honneur devant un tribunal équitable en déposant au greffe les ouvrages de Malthus et de Ch. Fourrier.

V

Voltaire fut déclaré le premier parce qu'il était le second sur une foule de points.

VI

Le père est-il la famille ? Oui, il en est la mesure et la circonférence.

Les enfants sont-ils la famille ? Oui, ils sont les rayons et le nombre.

La mère est-elle la famille ? Elle en est le centre et le poids.

Ce sont donc trois familles ? Non ! ce sont des individualités fort distinctes, dont les relations forment l'unité de la famille.

L'unité, c'est la trinité !

VII

La nature dans les régions de l'instinct n'atteint pas à notre dégradation générale (?).

VIII

La mécanique de Girardin (*Politique universelle*[1]) manque de point central. Dieu seul a pu en créer un, surnaturel.

---

1. *La Politique universelle, décrets de l'avenir* d'Emile de Girardin a paru pour la première fois à Bruxelles en 1852.

C'est chercher le centre de gravité d'un nuage de poussière.

IX

Girardin veut	*Proudhon ne veut rien de tout cela*
la conservation du capital.	*pour lui à bas le capital !*
Le licenciement de la famille	*Vive la famille*
La réhabilitation du bâtard	*et qu'importe le bâtard !*

Girardin est destiné, fût-il président de la république, à être toujours le valet de Proudhon.

X

Avec la grande propriété, il existait dans l'ancien régime culinaire : 1° le gibier des forêts

2° le poisson des étangs, la viande fine des colombiers, disparus en masse depuis 1789. Nous avons la pomme de terre malade… progrès ! Nous ne manquons pas de bêtes en France, mais nous allons manquer de bestiaux, disait Napoléon.

XI

La foi c'est la raison hypothéquée sur le génie, les conseils et l'amour, pour anticiper sur les douleurs de l'expérience et ne pas faire d'essai.

XII

L'idéal économique des bourgeois est d'augmenter indéfiniment le nombre des consommateurs sur la terre.

XIII

Avec leurs congrès de la paix, la guerre civile n'avait plus de frontières et l'exil ne protégeait plus les vaincus ! Laissez-nous l'exil !...

XIV

La charrue labourant dans le cercle des épées à l'abri de la croix, voilà comme les nations se sont domiciliées sur la terre.

XIV*(sic)*

Dans le pain que mange la France, il y a du sang de l'armée !

XV

Le sang est la prime de la paix ; le sang est de la nature et de la monnaie? L'argent n'est pas un équivalent universel.

Remerciements

Ce m'est un agréable devoir d'adresser mes plus vifs remerciements aux amis dont l'aide m'a été précieuse soit pour l'établissement du texte, soit pour la rédaction de quelques notes : MM. Raymond Aubert, le professeur Andrea Del Lungo, Gilles Désiré dit Gosset, directeur des archives départementales de la Manche, le professeur Pierre Glaudes, Pierre Leberruyer et Remy Villand.

J.D.

TABLE

• • • SAGIM • CANALE • • •

Achevé d'imprimer en octobre 2008
sur rotative Variquik
à Courtry (77181)

Imprimé en France

Dépôt légal : octobre 2008
N° d'édition : 15506
N° d'impression : 11085

L'imprimerie Sagim-Canale est titulaire de la marque Imprim'vert® 2007